Geist der Rache

Andreas Klingen

Geist der Rache

Horror-Thriller

Impressum

Bibliografische Information der Deutschen
Nationalbibliothek:
Die Deutsche Nationalbibliothek verzeichnet diese
Publikation in der Deutschen Nationalbibliografie;
detaillierte bibliografische Daten sind im Internet über
http://dnb.dnb.de abrufbar.

© 2019 Andreas Klingen

geist.der.rache@gmx.de

Cover artwork & design: Consuelo Parra

Herstellung und Verlag: BoD – Books on Demand,
Norderstedt

ISBN: 9783749480234

EINS

Frederik Trumbull griff in die kalte Erde seines Feldes. Verärgert stellte er fest, dass der Winterweizen seit zwei Furchen nicht dicht genug gesät worden war. Er schaute auf und beobachtete Jacob, dem er diese Aufgabe zugewiesen hatte. Stolpernd bewegte sich sein Feldarbeiter vorwärts. Den Grund dieses schludrigen Verhaltens erkannte Frederik schnell. Einige Schritte vor Jacob arbeitete sich Mildred voran. Immer dann, als sie sich bückte, fing Jacob an zu stolpern, weil er auf ihr Hinterteil starrte.

„Jacob!"

Der junge Feldarbeiter drehte sich herum. Ihm schien bewusst geworden zu sein, was er da angestellt hatte, und eilte seinem Herrn entgegen.

„Du hast zu viele Stellen in den Furchen frei gelassen." Frederik fuhr mit einem Finger durch die Luft und zeichnete so die Vertiefungen im Feld nach. „Das musst du nacharbeiten und sei vor allem sorgsamer! Wenn der Winter erst einmal einsetzt, haben wir andere Arbeiten zu erledigen. Dann muss das Feld vorbereitet sein."

Jacob ließ seinen Blick hin und her wandern und setzte einen prüfenden Blick auf. „Entschuldigt, mein Herr. Wie konnte mir das passieren? Ich werde die Stellen nachbessern."

Ein schwacher Versuch, Frederik zu täuschen.

Der junge Bursche stand mittlerweile im vierten Jahr in Frederiks Diensten und normalerweise konnte er zufrieden mit Jacobs Arbeit sein.

Mildred war seit diesem Sommer bei den Trumbulls angestellt. Anscheinend hatte sie Jacob wahrhaft den Kopf verdreht.

Frederik hatte bemerkt, dass die Beiden sich in letzter Zeit nähergekommen waren. Die kalte Jahreszeit war wie dafür gemacht, sich einen Partner zu suchen, um nicht alleine im Bett frieren zu müssen. Für Frederik stellte das kein Problem dar.

Eines seiner Rechte als Grundherr beschrieb, dass er einer Heirat seiner Bauern zustimmen musste. Und sollten sich Jacob und Mildred zu einer Heirat entschließen, würde Frederik nicht zögern und ihnen seinen Segen geben.

Jedoch durfte eine Liebelei nicht die Feldarbeit beeinflussen.

„Lasse ein wenig mehr Abstand zu Mildred, wenn du zum Abendbrot fertig sein willst."

Jacobs Gesicht errötete und verzog sich zu einem beschämten Grinsen, das sogleich wieder verflog, als er an Frederik vorbeischaute und zum Feldrand sah.

Frederik folgte seinem Blick.

Die Sonne stand an diesem Novembermorgen sehr tief und er musste sein Gesicht mit einer Hand abschirmen.

Keine hundert Schritte von ihnen entfernt erspähte Frederik eine Gestalt am Feldrand. Sie saß auf einem Pferd. Er überlegte, ob es sich um einen Bauern der Umgebung handeln konnte. Da in diesem Gebiet jedoch Ackerbau und Viehzucht betrieben wurde, fiel Frederik niemand ein, der ein Pferd besaß.

Was hatte das zu bedeuten? Es war ungewöhnlich, dort am Feldrand einen Fremden stehen zu sehen. Wahrlich konnte es sein, dass jemand auf seiner Reise eine Rast einlegen wollte. Aber was, wenn der Fremde sie schon länger beobachtet und auf eine Gelegenheit gewartet hatte?

Frederik sah zu seinem Haus und ihm wurde bewusst, wie weit er gerade von seiner Frau entfernt war, die sich darin aufhielt.

Lory!

Mit dem Kind im Bauch wäre sie gegen jede Attacke hilflos. Frederik verbannte die schlechten Gedanken mit einem Kopfschütteln. „Macht ihr hier weiter, Jacob."

Er wollte Gewissheit haben und stapfte der unbekannten Gestalt entgegen.

Ein Rabe landete krächzend auf dem Feld, was Frederiks Unbehagen zusätzlich Kraft verlieh.

Der Umriss des Fremden wurde klarer.

Ein Ritter, kam es ihm in den Sinn.

Frederiks Anspannung ließ nach, als er sicher war, dass der Reiter alleine gekommen war. Einer alleine stellte nicht unbedingt eine Bedrohung dar.

Frederik ging weiter und bemühte sich, unbeeindruckt zu wirken.

Als er vor dem Fremden stand, erkannte er, dass er richtig vermutet hatte.

Vor ihm saß ein Ritter auf einem Pferd. Aufgrund der einfachen Gewänder und dem aufgeriebenen Sattel dachte Frederik, dass er einem Ritter aus niedrigem Adel gegenüber stand. „Was ist euer Begehr, mein Herr?", fragte Frederik.

„Spreche ich mit Frederik Trumbull?"

„Dem ist so", bestätigte Frederik mit fester Stimme. Seine anfängliche Sorge war verflogen. Vielmehr ärgerte er sich nun über die Unterbrechung der Feldarbeit und hoffte, den Ritter schnell loswerden zu können.

Der Ritter saß ab. „Ich bin Sir Alfred Sheldon und überbringe die Nachricht, dass England Thronansprüche gegen Frankreich gestellt hat."

Frederik sah Sir Sheldon an und überlegte, was ihn dazu getrieben hatte, hierher zu reiten und ihm diese Nachricht zu überbringen.

Abwartend sah er dem Adelsmann ins Gesicht.

„Nun. Das französische Haus Valois hat dem Anspruch nicht nachgegeben."

Frederik schwieg noch immer. Worauf wollte der Ritter hinaus?

„Mister Trumbull. Die Kriegsvorbereitungen stehen unmittelbar bevor und auf Befehl König Edward werden die Grundherrschaften aller Höfe der freien Bauern an die Ritterschaft übereignet."

Frederik brauchte einen Moment, um das Gesagte zu begreifen. England stand vor einem Krieg? Aber seine

Frau war schwanger und der Winterweizen musste noch gesät werden.

„Das geht nicht, Sir!"

„Mister Trumbull. Jeder einzelne Bauer ist wichtig, um die englische Krone im Krieg zu unterstützen. Auch werde ich hier einen Spähposten errichten. So nah an der Küste haben wir eine ausgezeichnete Weitsicht. Ich übernehme den Betrieb bis auf weiteres."

„Was sagt ihr da?" Frederik musste einen Schritt zurücktreten, als hätte ihn die Macht der Worte nach hinten gestoßen.

„Fred?" Seine Frau war aus dem Haus gekommen. Ihren runden Bauch umfassend sah Lory die beiden Männer an. „Was ist denn hier los?"

Frederik starrte Sir Sheldon an und fand keine Worte.

„Mister Trumbull. England befindet sich schon sehr bald im Krieg!"

„Was?", nun starrte auch Lory den Ritter an.

Frederik fühlte wieder den Boden unter seinen Füßen. Ihm gefiel es überhaupt nicht, wie sich der Ritter hier aufgebaut hatte und mit kalter Manier erzählte, dass er nicht mehr sein eigener Herr sein sollte. Auch störte es ihn, dass Sir Sheldon ihn stets mit Mister Trumbull ansprach. Und schon gar nicht gefiel es ihm, dass er Lory Angst zu machen schien.

Mutig ging er wieder einen Schritt auf den Ritter zu. „Ich möchte, dass Sie meinen Hof verlassen. Sie machen meiner Frau Angst."

Der Ritter blickte zu Lory. „Das war gewiss nicht meine Absicht, Misses Trumbull." Dann sah Sir Sheldon wieder zu Frederik, wobei er mit seiner rechten Hand in einem Lederbeutel kramte. „Mister

Trumbull." Er zog ein gerolltes Pergament hervor und hielt es Frederik entgegen. „Dies ist eine Urkunde, die mich dazu berechtigt, den Hof in Besitz zu nehmen und die mich als neuer Grundherr bestätigt. Das königliche Wappen besiegelt meine Aussage." Er tippte auf ein rotes wachsartiges Emblem.

Als einer der wenigen Menschen in dieser Gegend, die lesen konnten, nahm Lory die Urkunde entgegen und begann sogleich die Wörter zu entziffern.

Eine Weile sagte keiner ein Wort.

„Ich verstehe", sagte sie schließlich und gab dem Ritter die Urkunde zurück.

Frederik wurde ungeduldig. „Was steht drin?"

Lory wandte sich ihm zu. „Fred, wir können nicht entscheiden, ob wir der Übereignung zustimmen."

„Aber…"

„Hör mir gut zu. Im Moment ist es nur die Grundherrschaft, die wir vorübergehend verlieren. Du, ich, Mildred und Jacob bleiben auf dem Hof und tun weiter unsere Arbeit. Die Ernte wird zu drei Fünfteln an die Ritterschaft gegeben. Damit haben wir immer noch genug, um uns selber zu versorgen."

Frederik sah ihr in die Augen und erkannte in ihrem Blick das Flehen, jetzt keinen Fehler zu machen. Denn damit würde er vermutlich ihr aller Leben in Gefahr bringen.

Er schloss die Augen und ließ den Kopf hängen. Dann nickte er kaum merklich.

Vor dem Verlassen des Hofes hatte der Ritter Frederiks Einsicht geadelt. Er war froh, dass niemand in Ketten gelegt werden musste und der Hof hinter dem König stand, wie er es ausdrückte. Er würde eine

Vorhut schicken, die für die Sicherheit der Bauern sorgen und den Posten errichten sollte.

Frederik hatte Jacob und Mildred nach dem Gespräch nicht sofort von der Feldarbeit abgehalten. Doch früher als gewöhnlich bedeutete er ihnen, die Arbeit ruhen zu lassen, und holte sie zu sich und Lory ins Haus.

Dort saßen sie alle zusammen in der Wohnstube, die durch ein Feuer warm gehalten wurde.

„Der Ritter, der heute zu uns kam, hat berichtet, dass es womöglich Krieg geben wird. Gegen Frankreich."

Mildred und Jacob hingen an seinen Lippen. Sie würden ihm nicht ins Wort fallen, aber Frederik merkte, dass augenblicklich viele Fragen in ihnen brodelten. „Ich möchte, dass ihr euch keine Sorgen macht. Sir Alfred Sheldon ist ein ehrbarer Mann und wird uns ehrbar behandeln. Er ist der neue Grundherr und wir treten ihm so gegenüber." Obwohl er selber Zweifel an seinen Worten hatte, empfand Frederik es als seine Pflicht, alle Beteiligten zu beruhigen. „Und der Krieg wird uns hier nicht erreichen. England wird in Frankreich einfallen und dort den Krieg führen. Habt ihr Fragen?"

„Mister Trumbull", sagte Mildred, die neben Jacob auf dem Boden saß. „Ich mache mir keine Sorgen wegen dem Krieg."

Jacob übernahm das Gespräch. „Es ist so", er stand vom Boden auf, „Mildred und ich...Wir lieben uns. Und wir wollen heiraten."

„Aber das ist doch großartig, Jacob!", sagte Lory.

Frederik legte eine Hand auf ihren Arm. „Ich weiß, worauf die beiden hinaus wollen. Ich bin nicht mehr der Grundherr, der darüber entscheidet, ob Mildred und Jacob heiraten dürfen."

Lory bekam einen ernsten Gesichtsausdruck. „Du meinst, Sir Sheldon könnte etwas dagegen haben?"

„Ich weiß es nicht. Könnte sein, oder nicht." Frederik erhob sich von seinem Stuhl. „Ich möchte draußen ein paar Schritte gehen." Er berührte den Türgriff und hielt kurz inne. Sagte dann aber nicht, was er dachte.

Doch als die kalte Abendluft seine Lungen füllte, setzte sich die Gewissheit in ihm fest, dass sich ihr aller Leben dramatisch verändert hatte.

Frederik ging zu seiner Scheune und öffnete das Tor. Er ließ es offen stehen, damit das Innere der Scheune vom restlichen Abendlicht erhellt werden konnte. Er wollte sich den Wagen ansehen, den er einige Monate nicht mehr genutzt hatte.

Mit kalten Fingern zog und zerrte er an der Achse und den Brettern. Er trat mit einem Fuß gegen die Holzräder und prüfte die Gelenke auf Tauglichkeit.

Irgendwann bemerkte er Jacobs Anwesenheit. „Fass mal mit an, Jacob. Ich will ihn ein Stück vorziehen."

Zusammen zogen sie an dem Wagen. Quietschend bewegte sich das Gefährt über den Scheunenboden.

Frederik umrundete den Wagen und Jacob ging auf Abstand. Als würde er wissen, was Frederik dachte, sagte er: „Du willst fliehen."

Frederik sah ihn an. Dass Jacob ihn direkt wie einen der ihren ansprach, war für Frederik fremd. Anscheinend hatte sich Jacob bereits damit abgefunden, dass er einen neuen Grundherrn hatte. „Ja", sagte Frederik und kletterte auf den Wagen, „ich werde mit Lory und meinem Kind in den Norden fahren. Weg von der Küste. Hier werden wir vor den Franzosen nicht sicher sein." Frederik hüpfte auf dem Wagen herum. Die Bretter klangen dumpf und morsch, hielten dem Druck jedoch stand. „Und du solltest auch von hier weggehen. In York soll es gutes Geld im Bergbau geben."

Jacob trat an den Wagen heran und besah sich das Innere. „Und du willst den Karren bis nach York mit der Hand ziehen?"

„Ich werde mir drüben bei Mister Wilkins Viehzucht ein Rind besorgen und ihm einen Tausch vorschlagen. Kümmere du dich derweil um Mildred und eure Zukunft", sagte Frederik.

„Wieso hast du eben im Haus gesagt, dass wir uns keine Sorgen machen brauchen?"

Frederik ging in die Hocke, um mit Jacob auf Augenhöhe zu sein. „Ich brauchte Zeit zum Nachdenken. Aber wir dürfen nicht so töricht sein und glauben, dass die Franzosen nur ihr Land verteidigen werden. Sie werden genau wie unsere Soldaten übersetzen und an Englands Küsten an Land gehen, um die angreifenden Massen zu zerschlagen. Morgen werde ich Lory meine Entscheidung mitteilen."

Jacob sah Frederik an, als wäre er ein Sohn, der seinem Vater bei einer Geschichte über verlorene Schlachten zuhörte. „Aber wie soll ich denn mit Mildred fort kommen? Der Wagen ist zu klein für uns alle und zu Fuß kommen wir nicht weit. In wenigen Tagen wird der Schneefall einsetzen und die Kälte zunehmen."

„Gibt es keine Familie, zu der ihr gehen könnt? Jemand, der nicht direkt an der Küste wohnt?"

„Nein. Du weißt, ich komme aus Irland", sagte Jacob. Damit wandte er sich ab und ging aus der Scheune.

Frederik sah Jacob hinterher. Es tat ihm leid, dass er nur sich, Lory und das ungeborene Kind im Sinn gehabt hatte. Dennoch wollte er seine Arbeit nicht unterbrechen und erst später über eine Lösung für Mildred und Jacob nachdenken.

Frederik kletterte vom Wagen und zog einen Bündel Leinen aus der hinteren Ecke der Scheune. Eisenstangen fielen heraus, die er in Bogenform am Wagen befestigte. Staub wirbelte auf, als er das Leinentuch über die Eisenstangen warf. Danach zog er an jeder Ecke und befestigte den Stoff an den Holzbrettern des Wagens. Das so entstandene Dach würde das Innere des Wagens frei von Schnee halten. Zudem deckte das Tuch vollständig alle Seiten ab, weswegen der kalte Wind den Insassen nichts mehr anhaben konnte. So würden sie einigermaßen bequem ihre Reise antreten können.

Allerdings würden Mildred und Jacob ihre Reise anders bestreiten müssen. Jacob hatte Recht. Der Wagen war zu klein für sie alle. Frederiks Gewissen wühlte seinen Magen auf.

Langsam trottete er aus der Scheune, schloss das Tor und ging zurück zu seinem Haus. Auf dem Weg dorthin kam er an der kleinen Holzhütte vorbei, in der Mildred und Jacob ihre Schlafstätten hatten. Kerzenschein erhellte die Fenster. Alles wirkte friedlich, aber Frederik war sich der Sorgen bewusst, die gerade dort vorherrschten.

ZWEI

Jeden Morgen, wenn sie die Holztür aufdrückte, fragte sich Aethel, ob er ihr noch würde entgegenblicken können. Sie wusste, irgendwann würde sie in das trübe Grau des Todes blicken, was seine Augen dann befleckt hätte.

Zuerst waren da diese Momente, an denen er sie fluchend verjagen wollte, weil er sie nicht mehr als seine Aethel erkannte. Weinend schrie sie ihn an, dass sie es sei, die er gerade zum Teufel wünschte. Auf dem Boden kauernd wartete sie ab, bis seine Flüche genauso plötzlich zu Ende gingen, wie sie begonnen hatten. Dann bedeckte er sie mit Küssen. Warum es ihr denn so elend ginge, hatte er dann gefragt.

Auf die Anfälle folgte Ohnmacht. Unvermittelt sackte er in sich zusammen. Dabei verlor er immer mehr von dem Wesen, was Aethel so sehr geliebt hatte.

Jetzt lag er nur noch da und starrte in den Raum. Seit mehreren Tagen hatte er nicht mehr gesprochen und an Stelle von Worten verließ tropfender Speichel seinen Mund. Dennoch blieb Aethel an seiner Seite.

„War heut Nacht wieder draußen." Sie setzte sich zu ihrem Mann auf den Boden. Das Stroh unter dem Leinentuch gab nur leicht nach.

„Hast gesagt, tu nicht die Geister rufen." Sie erhob sich und ging ein paar Schritte hin und her. Dabei schämte sie sich ihrer Gedanken und wie sie seinen Willen damit verletzte. Doch zu gewaltig tobte in ihr das Verlangen, nur einmal ihre Gabe dazu zu nutzen, ihn von seinem Leid zu befreien.

Wieder stand sie vor ihrem Mann und beugte sich ihm entgegen. „Hab die Rückseite vom Mond gesehen!" Sie betrachtete ihn erwartungsvoll. In der Hoffnung, eine winzige Regung in seinem Gesicht zu erkennen. Sie flehte innerlich, dass er ihr ein Zeichen gab. Ein Wimpernschlag vielleicht, der sie davon überzeugen konnte, dass er seine Zustimmung gab.

Aber in seinem alten Gesicht regte sich nichts. Das Einzige, was er ihr entgegenbrachte, war ein fauliger Gestank aus seinem Mund.

Aethel senkte ihren Kopf. Gestern Nacht noch wurde sie von der Vorstellung eingehüllt, ihren Mann nicht so bald beerdigen zu müssen. Wie in den Nächten zuvor, hatte sie auch in der letzten Nacht trotz der Kälte im Freien verweilt und den Mond beobachtet. Es waren die Unternächte, auf die sie Jahr für Jahr mit Ehrfurcht wartete. Ihre Gabe war dann am stärksten und sie konnte sogar die Geister der Toten hören.

Gestern Nacht, als sie erkannt hatte, was sie da sah, spannte sich ein langgezogenes Grinsen auf ihr Gesicht. Die Augen wurden so groß wie bei einem Kind, das kurz vor dem Sprung in einen Waldsee stand. Mit einem Gefühl von Glückseligkeit war sie auf die Holzbank vor der Hütte gesunken.

Der Mond hatte sich gedreht. Die Unternächte waren angebrochen und Aethel wollte sie nutzen, um ihrem Mann zu helfen.

Doch jetzt versiegte ihre Hoffnung. Seinen Willen konnte sie nicht einfach so verdrängen. Was wäre sie dann für ein Eheweib?

Jedoch würde sie ihn in wenigen Tagen der Erde übergeben müssen, würde sie es nicht tun.

Ihre Gabe sagte es ihr.

Sie schaute ihren Mann noch einmal an, ließ ihm etwas Kräutersud in den Mund laufen und wartete kurz ab, ob er husten musste. Aber auch dieser Reflex war bereits nicht mehr vorhanden. Trübsinnig erhob sie sich und ging aus der Stube, um die Ziegen zu füttern.

Sie schnitt ein paar Tannenzweige ab. Lautstark wurden ihre Bewegungen von den hungernden Tieren begleitet. Erst als sie die Äste über den wackeligen Holzzaun warf, verstummte der laute Protest und die Ziegen umringten ihre Mahlzeit. Gierig fraßen sie die dünnen Nadeln von den Ästen.

Das machte Aethel immer so. Zuerst gab sie den Tieren etwas, um sie vom Hunger abzulenken und dann ging sie zum nächsten Baum, um weitere Äste abzuschneiden.

In den Wintermonaten gab es nur selten etwas anderes für die Ziegen zu fressen.

Als Aethel sich nach einem weiteren Baum umschaute, kam sie an der Stelle vorbei, die sie und ihr Mann den Totenplatz nannten.

Sie blieb stehen und blickte auf die Fläche hinab, unter deren Kruste einige ihrer Tiere begraben lagen. Niemals würde sie es über sich bringen, ihren Mann dazuzulegen.

Wie konnte er das von ihr verlangen?

Aber sie hatte kein Recht, auf ihn wütend zu sein. Vielmehr war sie auf sich selber wütend. Weil sie ihn so sehr liebte und seinen Willen ehrte.

Er würde sie zurücklassen. Alleine in der Waldhütte, in der sie so lange gelebt hatten.

Sie wollte aber nicht alleine sein.

Trotzig sah sie zu der Hütte und dachte: Darfst mich nicht verlassen.

DREI

Frederik hatte nicht viel geschlafen. Unruhig umherwälzend, hatte er nach Lösungen gesucht, wie er Jacob und Mildred helfen konnte. Ihm war die Idee gekommen, den Wagen einfach größer zu bauen. Doch hatte er diesen Einfall nach kurzer Zeit zerschlagen müssen. Ihm standen keine Bretter zur Verfügung und es würde zu lange dauern, den Wagen umzubauen.

Wenn erst die Soldaten hier waren, die Sir Alfred Sheldon schicken wollte, würden sie es schwer haben, den Hof zu verlassen.

Nein, sie mussten ihn vor Ankunft der Soldaten bereits hinter sich gelassen haben. Ansonsten würden sie sich dem Willen des Königs fügen müssen. Ständig der Gefahr ausgesetzt, dass Frankreich auf Englands Küste traf.

Lorys Arm legte sich auf seine Brust. Ihre Berührungen taten ihm immer gut.

„Guten Morgen, meine Taube", sagte er.

„Guten Morgen, mein Liebster."

Frederik drehte sich ihr entgegen. „Ich möchte einen Spaziergang mit dir machen."

„Bei dieser Kälte?" Sie zog sich die Decke bis zur Nasenspitze. „Mir fällt da etwas anderes ein." Ihre Hand fuhr unter der Decke an ihm herab.

Nach kurzer Zeit hörten ihre Bewegungen auf. „Was ist denn los, Fred?"

Er setzte sich auf die Kante der Schlafstätte und stützte seinen Kopf in beide Hände. „Mir ist nicht wohl bei dem Gedanken, hierzubleiben und mit Soldaten den Hof zu teilen."

Auch Lory setzte sich auf. „Zweifelst du an der Ehrbarkeit Sir Sheldons? Ich meine, er will uns doch wohl keine üblen Schläger zur Seite stellen. Immerhin reden wir hier von den Soldaten des Königs."

„Kriege sind grausam und das Verhalten der Menschen passt sich den Vorkommnissen an", sagte Frederik.

Lory streichelte ihm über den Rücken. „Ich glaube, dass es keine leichte Zeit für uns werden wird, aber wir müssen uns den Tatsachen stellen. Und nach dem Krieg wird uns der König sicherlich für unsere Unterstützung danken."

Frederik stand auf. „Wie gutgläubig du doch bist!" Im selben Moment bereute er seine Unterstellung. Aber er hatte erkannt, dass es tatsächlich keine andere Möglichkeit geben wird. „Es tut mir leid. Ich darf nicht so reden. Du hast Recht und ich könnte Mildred und Jacob nicht alleine zurücklassen."

„Um Himmels willen, nein! Du hast mit dem Gedanken gespielt, den Hof ohne sie zu verlassen?" Kurz zeigte Lory einen strengen Gesichtsausdruck, der dann wieder ihren gütlichen Zügen wich.

Sie stand auf und nahm Frederik in den Arm. Ihre Wärme tröstete ihn. „Jetzt habe ich doch Lust, einen Spaziergang zu machen", flüsterte sie ihm ins Ohr.

Jacob und Mildred waren bereits auf dem Feld und arbeiteten sich voran.

Frederik wollte mit Lory in das kleine Waldstück gehen, das sich in einiger Entfernung hinter einem Hügel befand.

„Warte kurz hier", sagte er zu ihr und ging zu Jacob.

Dieser sah Frederik finster an. Gewiss hatte Jacob es ihm übel genommen, dass er die beiden für eine mögliche Reise nicht eingeplant hatte.

„Wir bleiben", sagte Frederik.

Jacob nickte. „Gut zu hören."

„Ich werde mit Lory spazieren gehen und komme danach zum Feld."

Mildred wünschte er noch einen guten Morgen und dann ging er zu Lory zurück.

Wir werden uns mit den Soldaten arrangieren müssen, dachte er bei sich.

Die Sonne stand jetzt über den Bäumen und Lory genoss sichtlich die Strahlen auf ihrem Gesicht.

„Ich hoffe, dass diese Sonnenaufgänge noch eine Weile anhalten", sagte sie.

Sie gingen nebeneinander her und ungeachtet der gestrigen Ereignisse wirkte Lory frohgemut. Munter erklärte sie ihm, wie das Bettchen für ihr Kind aussehen könnte.

Doch die heitere Stimmung seiner Frau konnte nicht verhindern, dass sich Frederiks Gedanken zurück zum gestrigen Tag schlängelten.

Wieso war dem König ein Hof mit nur einem Feld so wichtig? Die Ernte würde nur sehr wenig zu dem königlichen Vorrat beitragen. Allerdings musste

Frederik einsehen, dass auch die kleinste Zugabe ein Teil des Ganzen sein konnte.

Aber was, wenn es gar nicht um die Felderträge ginge? Sir Sheldon sagte, dass der Hof ebenso als Spähposten dienen sollte.

Nun machten Frederiks Gedanken einen Absprung in die Abgründe des Grausamen.

Anfangs werden die Soldaten noch gut gesittet und stolz das königliche Banner hoch halten. Doch wenn der Krieg nach einiger Zeit an ihren Nerven gezerrt hatte und gar Hunger zum täglichen Problem geworden wäre, werden auch die Soldaten des Königs schnell vergessen haben, was ihre Werte sind. Und nicht nur die Bedürfnisse nach Hunger werden sie treiben.

„...genau wie früher, Fred", Lorys Stimme drang zu ihm durch, „als wir den Berg herunter gerutscht sind."

Erstaunt stellte Frederik fest, dass sie den Wald bereits erreicht hatten. Bodennebel lag auf der Schwelle zum Waldrand.

Lory küsste Frederik auf den Mund. „Es ist so lange her, dass wir hier waren. Das war eine tolle Idee von dir."

Er ließ sich zu einem Lächeln hinreißen. „Im Sommer vor zwei Jahren. Und wenn ich mich recht entsinne, lagen wir auf einer Lichtung dort drüben." Er zeigte in den Wald hinein und nahm Lory an die Hand. „Lass uns sehen, ob sie noch immer da ist."

Er bog Sträucher zur Seite, damit das Winterkleid von Lory keinen Schaden nahm, und half ihr über einen Graben hinweg. Bald erreichten sie eine Stelle im Wald, auf der Anemonen und Krokusse der Kälte trotzten und die Lichtung zu einem sonderbaren Ort machten.

„Da ist sie", sagte Frederik.

Lory tanzte umher. „Immer noch so traumhaft, wie damals."

Als sie sich Frederik wieder näherte, schlich sie um ihn herum. „Ich erinnere mich, wie schön dieser Tag tatsächlich war." Ein anzügliches Lächeln legte sich auf ihr Gesicht.

Plötzlich hörten sie jemanden schreien.

Hektisch sahen sie zu allen Seiten.

Es war das Kreischen einer Frau.

„Es kommt vom Hof, Frederik!" Angst schwang in Lorys Stimme mit und sie klammerte sich an seine Seite. „War das Mildred?"

„Bleib hier, bis ich dich holen komme."

„Nein!"

Frederik hatte Mühe, Lory von sich zu lösen. „Warte hier im Wald, bis ich weiß, was das zu bedeuten hat."

Nachdem er sie auf einen liegenden Baumstamm gesetzt hatte, lief er los. Er ergriff einen Ast und führte ihn wie ein Schwert mit sich.

Vielleicht waren es seine Gedanken, die ihn seit gestern plagten, weshalb er nicht davon ausging, dass es sich um einen Unfall handelte.

Er sprang über den Graben und stolperte beinahe über Sträucher. Als er aus dem Wald trat, musste er sich kurz orientieren. Den Hof konnte er von hier aus nicht einsehen. Zu hoch ragte der Hügel zwischen ihnen. Frederik nahm eine geduckte Haltung ein und lief bis zum Kamm hinauf. Oben angekommen legte er sich auf den Bauch und spähte zu seinem Feld. Mildred und Jacob waren verschwunden.

Frederik schaute zum Hof und sogleich spürte er in seiner Magengrube das Gefühl von Angst.

Drei Pferde standen vor seinem Haus, jedoch konnte er nicht deren Reiter ausmachen. Es waren also Fremde in sein Haus eingedrungen. Oder war es möglich, dass Jacob und Mildred Besuch empfangen hatten? Doch der Schrei hatte sich nicht wie ein freudiger Willkommensgruß angehört.

Ihm kam die Idee, zur Scheune zu laufen. Von dort konnte er sich heranpirschen und nachsehen.

Am besten wäre es, wenn er sich dem Gebäude aus südlicher Richtung nähern würde. An dieser Seite gab es keine Fenster, weswegen er sich keine Gedanken darum machen musste, entdeckt zu werden. Es sei denn, jemand würde vorne aus der Tür heraustreten und um das Haus herumkommen. Dann hätte Frederik sich der Begegnung stellen müssen oder sich direkt zu Boden geworfen. In der Hoffnung, nicht gesehen zu werden.

Er lief los, schlug einen Bogen. Dabei ließ er sein Haus nicht aus den Augen und erreichte die Scheune.

Mit seinem Rücken presste er sich an die Holzwand der Scheune. Er schnappte nach Luft.

Drei Pferde.

Sollten das etwa schon die Soldaten sein? So schnell hatte er nicht mit ihnen gerechnet. Warum hatte Mildred geschrien? Und warum hatten sie nichts von Jacob gehört?

Frederiks Blick fiel zurück auf das Feld. Spätestens jetzt hätte er Mildred oder Jacob sehen müssen, wären sie vorhin nur nicht in seinem Sichtfeld gewesen. Aber da war niemand. Dafür erspähte er eine Anhäufung von irgendwelchen Dingen. Er konnte nicht erkennen, was da lag. Zu verschwommen war sein Blick in die Ferne.

Frederik zuckte zusammen, als erneut ein Schrei zu hören war. Auch wenn er Mildred zuvor niemals so schreien gehört hatte, war er sich sicher, dass sie es war. Sorgsam und zügig schlich er um die Scheune herum und lief zu der rückseitigen Steinmauer seines Hauses.

Wieder in geduckter Haltung zwang er sich vorwärts, bis er unter einem von zwei Fenstern in die Hocke ging. Langsam schob er sich hoch, bis seine Augen auf Höhe des einen Fensters waren.

Noch nicht bereit hineinzusehen.

Stattdessen hörte er Stimmen und ein Wimmern.

„Ich habs euch doch gesagt! Einen Mordsspaß werden wir haben."

Frederik hörte ein Poltern.

„Zur Hölle! Sieh dir die prächtigen Brüste an. Wie sie wackeln. He, Cromwall! Zieh endlich raus. Wie kann es sein, dass du so lange brauchst?"

Dann hörte Frederik nur noch Gelächter aus der Stube und er musste seine Lippen fest aufeinander pressen, um nicht laut loszuheulen. Der Druck, der dabei entstand, hämmerte in seinem Kopf. Rotze lief ihm aus der Nase. Seine Knie wurden weich. Frederik sackte zu Boden. Es waren also tatsächlich Sir Sheldons Leute.

„Ich geh pissen, ihr Hunde."

Frederiks Kopf schnellte hoch. Einer der Männer würde heraus kommen und ihn entdecken, wenn er zur Rückseite kam.

„Vielleicht läuft dir das andere Weib über den Weg. Sheldon hat von zwei Frauen und zwei Männern gesprochen."

Frederiks Magen verkrampfte sich erneut. Sie wussten von Lory! Gott sei Dank war sie im Wald geblieben. Aber Frederik dachte auch an Mildred. Er musste sie da rausholen. Wo war Jacob?

Ein Mann starrte Frederik an.

„He, Jungs!"

Obwohl Frederik damit gerechnet hatte, war er für einen Moment verdutzt.

Wie in Zeitlupe sah er, wie der Mann an seinem Gürtel hinabsah.

Ein Schwert!

Frederik erinnerte sich an das Gewicht in seiner Hand und schlug zu. Der heftige Schlag mit dem Holzknüppel streckte den Mann nieder.

„Was ist verdammt?", hörte Frederik eine Stimme im Gebäude.

Er sah zu dem Mann herab, der nun vor ihm lag. Er sah nicht aus wie ein Ritter. Eher wie ein Söldner. War er tot? Entsetzt stellte Frederik fest, dass es ihm in diesem Moment egal war. Er hatte einen Mann erschlagen, der in sein Haus eingedrungen war. Den Knüppel ließ er fallen, packte den Mann an den Füßen und schleifte ihn näher an die Mauer heran. Dort ließ er ihn liegen und ging an der seitlichen Mauer zurück, bis er an der Ecke zur Vorderseite stand. Den Knüppel hatte er wieder aufgenommen und hielt ihn fest in beiden Händen.

Frederik wünschte sich, dass er mehr Zeit zum Nachdenken hätte, aber vermutlich würde einer der beiden Männer nachsehen kommen, weswegen ihr Kamerad keine Antwort mehr gab.

Frederik war nicht im Kampfe erprobt. Auch wenn er gerade einen Mann erschlagen hatte, würde er gegen zwei Söldner nicht bestehen können.

Er entschied sich zu einer List, um sich kostbare Zeit zu verschaffen.

„Ich gehe sie suchen!", ahmte er die Stimme des Erschlagenen nach.

Dann wartete Frederik ab.

Er wollte sicher sein, dass die Beiden keinen Verdacht schöpften.

Niemand sagte etwas. Hatten sie ihn nicht gehört?

Die Stille machte ihn verrückt. Auch von Mildred war nichts mehr zu hören.

Plötzlich hörte er Schritte im Gebäude und die Tür wurde aufgestoßen. Frederik zog sich zurück und achtete auf mögliche Schatten, die sich ihm nähern würden.

Doch niemand kam und so lauerte er vorsichtig um die Ecke.

Ein Mann war herausgetreten und murmelte vor sich hin: „Was für ein dämlicher Hund. Erwürgt das Weib, bevor ich ran konnte."

Frederik sah den Mann vom Gebäude weggehen. Über seine Schulter hatte er Mildred gelegt. Nackt. Ihre Arme hingen schlaff nach unten. Ihr Haar wehte hin und her, als der Mann sie wegtrug.

Frederik tat es in der Kehle weh, als sich Kummer und Wut darin vermischten.

Er durfte nicht mehr warten. Mildred war tot. Jacob vermutlich auch. Damit es Lory und ihm nicht ebenso erging, musste er jetzt handeln.

Weg von hier!

Er blickte zu den Pferden. Eins würde er stehlen und vor seinen Wagen spannen. Nur konnte er nicht einfach dort hin marschieren, es losbinden und zur Scheune führen. Frederik musste unentdeckt bleiben. Zudem brauchten sie auch unbedingt Felle und Proviant. Ohne diese Sachen wäre es nur eine Frage der Zeit, bis ihre Flucht ins Stocken geraten würde. Er entschied sich dafür, in der Hütte von Jacob und Mildred danach zu suchen und vielleicht noch weitere nützliche Dinge zusammenzuraffen.

Lory hatte nicht gewagt, den Wald zu verlassen. Doch die Kälte hatte ihr so zugesetzt, dass ihr nichts anderes übrig geblieben war, als sich zu bewegen. Weil sie keine Schreie mehr gehört hatte, war sie allmählich dem Waldrand näher gekommen und hatte schließlich den wärmenden Sonnenstrahlen, außerhalb ihrer Deckung, nicht widerstehen können. Am Fuße des Hügels ging sie hin und her. Sie überlegte, was das alles zu bedeuten hatte. Frederik war schon eine Weile fort. Immer wieder schaute sie den Hügel hinauf.

Wenn Frederik nun Hilfe brauchte? Vielleicht waren Mildred und Jacob verletzt. Warum hätte sie sonst so geschrien? Ein wildes Tier könnte sie angegriffen haben.

Lory spähte in den Wald, um sicher zu gehen, dass ein solches Tier nicht umherschlich.

Jetzt fühlte sie sich hilflos und angreifbar. Sie wollte zu Frederik. In seiner Nähe wäre sie besser aufgehoben.

Erleichtert über ihren Entschluss ging Lory den Hügel hinauf, der sie vom Hof trennte und fühlte sich mit jedem Schritt sicherer.

Frederik hockte in Jacobs Hütte und lauerte aus dem Fenster. Er hatte eine kleine Holzkiste mit Fellen, Brot und Leinenstoff vollgestopft. Sie war nicht sehr schwer und er konnte sie gut tragen.

Nun wartete er darauf, dass der Söldner wieder zum Haus zurückkehrte. Jedoch wunderte sich Frederik, dass er so lange fort blieb. Wo hatte er die tote Mildred hingetragen? Vielleicht war er aber auch in einem der Augenblicke wiedergekommen, in denen Frederik sich dem Fenster abgewandt hatte, um etwas in die Kiste zu stopfen. Dann würde er hier noch lange darauf warten, dass der Mann ins Haus zurückgehen würde. Er beschloss, noch einen Moment auszuharren, wobei er sich den sichersten Weg zur Scheune einprägte.

Die Pferde standen direkt vor seinem Haus. Um doppelte Wege zu vermeiden, musste er mit der Kiste zu den Tieren gelangen, eines an sich nehmen und dann zur Scheune vordringen. Für die Söldner gab es keinen offensichtlichen Grund mehr, noch länger in seinem Haus zu verweilen. Es sei denn, sie wollten die Kälte meiden. Hinzu kam Frederik der Gedanke, dass Sir Sheldon noch mehr Männer hierher schicken konnte.

Dann sah er jemanden über den Hügelkamm kommen.

Es war Lory, die langsam dem Feld näher kam und somit auch vom Haus aus zu sehen war. Sein Blick flog zwischen ihr und dem Haus hin und her.

Er musste Lory warnen.

Mit der Holzkiste unter seinem Arm, verließ er die Hütte. Er winkte heftig mit dem anderen Arm und hoffte, dass sie verstand, was er andeuten wollte.

Doch sie sah nicht in seine Richtung, sondern auf eine Stelle, an der sie kurz inne gehalten hatte. Ihre Hände hielt sie vor ihr Gesicht gefaltet.

Endlich sah sie zum Hof und ihre Blicke trafen sich.

Lory lief los.

Frederik versuchte noch, ihr zu zeigen, wo sie hinlaufen sollte. Er dankte Gott, als sie ihre Richtung änderte und zur Scheune lief.

Jetzt hörte er auf nachzudenken und lief zu den Pferden. Er löste einen Zügel und führte das Tier hinter sich her. Die anderen beiden Pferde tänzelten aufgeregt auf der Stelle.

„Öffne das Tor!"

Lory hatte verstanden und zog es auf.

Nach Luft schnappend rannte Frederik zur Vorderseite des Wagens und schwang die Holzkiste durch eine Öffnung im Leinentuch. Sie knallte hart auf die Holzbretter, als Frederik sich bereits an das Anspannen des Pferdes machte.

„Sie sind tot."

„Die Söldner haben sie ermordet. Wir müssen hier weg. Steig in den Wagen." Frederik verzurrte die letzten Riemen.

„Oh Gott, Frederik. Mildred und Jacob liegen auf dem Feld."

„Nun kletter schon in den Wagen, Lory."

Endlich verschwand sie im Wagen. Keinen Moment zu früh, denn als Frederik sich auf den Bock hievte, traten die zwei Söldner aus seinem Haus.

„He! Was macht ihr mit unserem Pferd?" Einer der Männer rannte los.

In diesem Moment gab Frederik dem Tier einen Ruck und der Wagen schoss aus der Scheune.

Der entgegenkommende Söldner versuchte dem Pferdewagen auszuweichen, wurde aber von einem Rad getroffen. Das Brechen seiner Knochen überlagerte den Lärm. Sein Kamerad, sah ihn an und verstand es nicht, sich in Sicherheit zu bringen. Auch er wurde durch einen Aufprall zu Boden geschleudert.

Frederik sah nicht zurück. Er gab dem Pferd erneut einen Ruck und der Wagen nahm Fahrt auf.

Ihm standen Tränen in den Augen. Jacob und Mildred waren tot. Der aufflammende Krieg hatte bei ihnen seine ersten Opfer gefordert. Sein Hab und Gut musste Frederik zurücklassen und nun befanden sie sich auf der Flucht.

Eine furchtbare Frage drängte sich Frederik auf.

Würde er Lory und sein Kind vor weiteren Gräueltaten beschützen können?

VIER

Die ganze Nacht hatte er den Wagen gelenkt. Hatte dem Pferd alles abverlangt. Trotz der Kälte hatte Frederik nicht vor, den Rappen anhalten zu lassen. Das Verlangen war groß, sich in das Innere des Wagens zu verkriechen und einfach die Augen zufallen zulassen.

Doch bei einem der Söldner war Frederik sich sicher, dass er nicht tot war und vielleicht verfolgte er sie bereits. Wären sie doch einfach allesamt zu Fuß geflohen. Womöglich wären Mildred und Jacob dem Tode entkommen.

Keiner würde ihm glauben, wenn er behaupten würde, dass die englischen Königsdiener skrupellose Verbrecher waren. Er und Lory würden wegen Verlästerung in Haft kommen und vermutlich zum Tode verurteilt werden. Das konnte Frederik nicht riskieren. Er musste dafür sorgen, dass sie für immer frei sein würden.

Er zwang seine Gedanken zurück. Hier und jetzt gab es für ihn die Aufgabe, seine Familie zu beschützen. Er musste den Abstand zum Hof vergrößern.

Was die Befestigung der Wege betraf, kam ihnen der Winter entgegen. Hart gefroren, bargen sie keine Gefahr von Schlammlöchern, in denen der Wagen stecken bleiben konnte. Frederik schätzte, dass sie zehn Meilen am Tag zurücklegen konnten. Nachts schafften sie vermutlich nur sechs oder weniger Meilen. Zu sorgsam musste Frederik in der Dunkelheit auf den Weg achten und verhindern, dass der Wagen ausbrach.

Sein erstes Ziel lag darin, unbehelligt nach York zu gelangen. Dem Krieg einfach aus dem Wege zu gehen.

Eine Arbeit würde sich schon auftun. Er war geschickt mit den Händen und konnte gut anpacken. Sein massiger Körper erlaubte es ihm, schwere Arbeiten zu verrichten. Sicherlich gab es für jemanden wie ihn Bedarf in einer Stadt wie York. Frederik wusste von seinem Cousin, dass dort Männer für den Bergbau angeheuert wurden. Er stellte sich vor, wie er mühelos mit einer Picke in den Fels schlagen und so das begehrte Erz zu Tage fördern würde.

Aber bis dahin war es noch ein langer Weg und die Vorräte waren spärlich. Eine baldige Rast war unumgänglich.

Und noch ein anderer Gedanke machte Frederik zu schaffen. Lory hatte erwähnt, dass das Kind vermutlich nicht mehr lange auf sich warten lassen würde.

Er zog sich die Schafwolle tiefer ins Gesicht und betrachtete den Himmel. Die Wolken sahen schwer aus. Schnee würde bald fallen.

Entlang des Weges wechselten sich Tannenwälder und Felsketten ab. Frederik spähte in die Ferne und sah nichts weiter als den elenden Weg, der sich wie eine riesige Schlange durch die Wildnis zog. Keine Anzeichen dafür, dass sie bald auf ein Dorf oder eine Siedlung treffen würden.

Er drehte sich um und vergewisserte sich, dass Lory es bequem hatte. Ein Schaffell steckte zwischen ihrem Rücken und dem Wagenbrett. Ein zweites hatte sie unter ihren Po gelegt.

Gedankenverloren streichelte sie ihren Bauch und bemerkte nicht, dass er sie ansah.

Würde das Kind ihr blondes Haar bekommen oder ein Rotschopf wie sein Vater werden? Seine Sorgenfalten glätteten sich bei dem Gedanken an das Kind. Wie sollten sie es nennen? Lory war überzeugt, dass es ein Mädchen werden würde.

Ein Holpern riss ihn aus den Überlegungen und beinahe von seinem Bock. Mit einer schnellen Bewegung drehte er sich wieder zum Pferd. Der Rappe zog das Gefährt unermüdlich voran.

„Fred?", die Stimme seiner Frau ließ ihn aufhorchen. Er versuchte die Stimmlage zu deuten. Hatte sie sich verletzt?

„Ho!"

Das Pferd verlangsamte den Gang und blieb schließlich stehen.

Lory schaute aus der Öffnung. „Ich müsste mal Wasser lassen, mein Liebster."

„Wir sind wahrscheinlich über einen Ast gefahren." Er stieg von seinem Platz und umrundete den Wagen. An der Rückseite schob er das Tuch auseinander, wo es einen Schlitz bildete und reichte Lory die Hände.

„Wo befinden wir uns im Moment? Ich hätte nichts dagegen, wenn wir endlich ein Dorf erreichen und in einem richtigen Bett liegen könnten. Diese Rückenschmerzen sind grauenvoll."

„Wir werden bald etwas finden. Warte kurz hier. Ich schaffe dir eine Gelegenheit." Frederik verließ den Weg und ging ein paar Schritte in den Tannenwald, der sich schon eine ganze Weile neben ihnen herzog. Er entdeckte eine passende Stelle, brach einige Zweige ab und rammte sie mit Mühe in den Boden. Hinter dem so entstandenen Blickschutz würde seine Frau ihre Notdurft erledigen können. Auch wenn sie hier vermutlich keiner Menschenseele begegnen würden. Dann schabte er noch eine kleine Mulde in den Boden, damit sich Lory ihre Füße nicht beschmutzte.

Zufrieden betrachtete er sein Werk.

Auch wollte Frederik die kurze Pause nutzen, um den Wagen auf eine mögliche Beschädigung hin zu untersuchen.

Als er zurück zum Gespann ging und vom Waldrand auf den Weg trat, erschrak er. Ein Reiter stand mit seinem Pferd neben dem Wagen und unterhielt sich mit Lory. Wo war er so plötzlich hergekommen? Vorhin hatte Frederik niemanden den Weg entlangkommen sehen. Er ging schneller und konnte feststellen, dass es kein Ritter war.

Beide sahen ihn an.

„Das ist Mister Sanders", sagte Lory.

Der Fremde nickte Frederik zu.

Er erwiderte das kurze Nicken mit der gleichen Bewegung, während er den Fremden musterte. Der Mann sah nicht gerade ungepflegt aus, schien aber schon länger unterwegs zu sein, da in seinem Gesicht ein wilder Bart wuchs.

Lory fuhr aufgeregt fort. „Der nächste Ort heißt Middlewood und ist ungefähr noch sieben Meilen entfernt. Wir könnten also bis Anbruch der Dunkelheit dort sein. Ist das nicht großartig?"

Argwöhnisch behielt Frederik Mister Sanders im Blick. Allerdings wollte er seine Frau nicht beunruhigen. Vielleicht gab es auch keinen Grund, beunruhigt zu sein und der Herr war einfach nur unterwegs, um irgendetwas zu erledigen. Aber was sollte das sein?

Vielleicht warteten seine Komplizen hinter der nächsten Biegung. Und sobald er wusste, dass hier etwas zu holen war, gab er ein Signal. Auch wenn Frederik nicht über viele Taler verfügte, könnten es solche Halunken auf seine Lory abgesehen haben. Für Frederiks Empfinden hatte Mister Sanders etwas zu lange seinen Blick auf Lory geheftet. Er beschloss dem Mann zu danken, damit sie weiterziehen konnten.

„Vielen Dank für die Auskunft, Mister Sanders. Ich wünsche Ihnen einen guten Tag." Frederik wollte freundlich klingen. Den bevorstehenden Krieg erwähnte er nicht. Anscheinend war die Nachricht noch nicht im ganzen Land verbreitet worden.

Zu Frederiks Erleichterung setzte der Mann sein Pferd in Bewegung und ließ noch ein kurzes Ma'am vernehmen, wobei er gleichzeitig an seinem Hut zog.

Als sich Mister Sanders weit genug entfernt hatte, begleitete Frederik seine Frau bis an den Waldrand und zeigte ihr, wo sie sich erleichtern konnte. Er selber blieb beim Wagen und begutachtete die Räder und die Achsen. Nichts war beschädigt.

Lory kam zurück. „Frederik Trumbull. Du bist wirklich ein exzellenter Toilettenbauer."

Er bewunderte sie. Selbst in solch fürchterlichen Zeiten versuchte sie stets, die sie umgebenen Menschen zu erheitern.

Nach der kurzen Pause wollten sie ihren Weg zügig fortsetzen. Auf seinen Schlaf würde Frederik noch eine Weile warten müssen. Sollte Mister Sanders Recht behalten, konnten sie Middlewood in etwa fünf

Wegstunden erreichen. Im besten Fall würden sie noch ein Schlafquartier vor Einbruch der Dunkelheit beziehen können.

Aber als es bereits zu dämmern anfing, hatten sie das Dorf immer noch nicht erreicht. Frederik tat es leid für seine Frau. Sie hatte wirklich ein vernünftiges Bett verdient. Er überlegte gerade, wie sie den Wagen besser als Schlafstätte nutzen konnten, als seine Gedanken von Lory unterbrochen wurden.

„Kannst du das auch riechen, Fred?"

Er schnupperte in die Luft, konnte aber keinen besonderen Geruch ausmachen. Allerdings wunderte es ihn auch nicht, dass seine Frau etwas roch, was seine Nase noch nicht wahrgenommen hatte. Lory war seit der Schwangerschaft sehr geruchsempfindlich.

„Es riecht nach Feuer und Rauch", sagte Lory.

Als sie den Geruch beschrieb und Frederik wusste, wonach seine Nase riechen musste, erkannte auch er den Feuergeruch. Er spähte in die einsetzende Dunkelheit.

Da war etwas.

Mehrere Rauchsäulen stiegen über eine Baumgruppe in den Sternenhimmel empor.

„Das sieht mir nach Kaminfeuer aus!", sagte Frederik. „Dort könnte ein Dorf liegen."

Seine Frau umklammerte ihn und bedeckte sein Gesicht mit Küssen. Derart motiviert trieb er das Pferd an und der Wagen ruckelte vorwärts, in Richtung Middlewood.

Der Schotterweg führte sie auf eine leichte Anhöhe, von der aus die beiden in ein langgestrecktes Tal sehen konnten. Je näher sie dem Tal kamen, desto mehr Häuser schälten sich aus der Dunkelheit.

„Sieh nur, wie das Dorf von den Wäldern eingerahmt ist", sagte Lory. „Deswegen wird es wohl Middlewood heißen."

Die Aussicht, sehr bald in einer Stube übernachten zu können, ließ das Frieren erträglicher werden.

Obwohl er froh war, endlich ein Dorf erreicht zu haben, fragte sich Frederik, ob sie um diese Uhrzeit überhaupt jemanden fanden, der ihnen eine Stube anbieten konnte. Vielleicht durften sie auch die erste Nacht in einem Wirtshaus verbleiben. Dann würden sie am nächsten Tag nach einer Unterkunft suchen.

Der Schotterweg ging allmählich in eine mit Pflastersteinen befestigte Straße über. Frederik kamen die Hufschläge ungewöhnlich laut vor. Zu lange waren sie auf Schotterstraßen und Feldwegen unterwegs gewesen.

Dem Dorf vorgelagert standen einzelne Häuser. Frederik sah sich das erste Gebäude an, an dem sie vorbeikamen. Die Außenwände waren mit zahlreichen Holzbalken versehen. Frederik erkannte ein Muster darin.

Der Erbauer hatte die Balken so angeordnet, dass sie das Dach stützten und den nötigen Halt für die Versiegelung der Wand aus Lehm boten. Soweit Frederik es erkennen konnte, war das Dach mit Schilfrohr bedeckt.

Dem Haus schloss sich ein Garten an, der von einem Bretterzaun umschlossen war. Frederik glaubte, Obstbäume auf dem Grundstück erkennen zu können. Zwar würden sie in dieser Jahreszeit keine Früchte tragen, aber der Gedanke, in einen saftigen Apfel zu beißen, trieb ihm augenblicklich Spucke in den Mund. Sein Magen griff die Vorstellung auf und knurrte Frederik wie einen Wachhund an.

Die Straße gabelte sich vor ihnen. Ein riesiger Baum verbot es, einfach geradeaus weiterzufahren. Frederik musste sich entscheiden, welchen Weg er einschlagen sollte. Er stoppte den Wagen und sprang herunter. Vom Bock aus hatte der Baum die Sicht auf den weiteren Verlauf der Wege beeinträchtigt. Vom Boden aus konnte Frederik dagegen schon mehr erkennen.

An den Wegesrändern waren in regelmäßigem Abstand Laternen platziert. Frederik roch Ruböl, das in ihnen verbrannte. Licht und Schatten wechselten sich ab. Die Beleuchtung reichte aus, um ein paar wenige Menschen auf dem linken Weg erkennen zu können. Sie nahmen Frederik die Entscheidung ab. An den Zügeln führend, lenkte er den Wagen links am Baum vorbei.

Sie hatten die Menschenansammlung noch nicht erreicht, als ihnen ein Mann entgegen kam. Er schien den Weg in seiner vollen Breite ausnutzen zu wollen, denn er war sehr bemüht, den linken Wegesrand zu erreichen, nur um sich diesem dann abzuwenden und dem rechten Rand entgegen zu torkeln. Das Schauspiel wiederholte sich einige Male, bis er nur noch wenige Schritte von ihnen entfernt war.

Frederik sah sich gezwungen, den Rappen erneut anzuhalten und versuchte dann, den wankenden Mann auf sich aufmerksam zu machen. „Einen guten Abend wünsche ich, Mister!"

Der Mann blieb stehen und bemühte sich, sein Gleichgewicht zu halten. „Hasch du misch erschreggt."

Eine kurze Pause folgte, wobei der Mann seine Arme zum Pferd ausstreckte und das Geschirr des Rappen umklammerte. „Kansch du misch nar Hause brin?"

Frederik merkte, wie das Gewicht des Mannes am Riemen zog. Schon riss das Pferd seinen mächtigen Schädel ruckartig nach oben, sodass der Mann für kurze Zeit in der Luft hing und dann wie ein nasser Sack auf den Boden schlug. Dort blieb er in einer geknickten Haltung liegen.

Frederik beruhigte das Tier mit einigen Worten. Dann schaute er zu Lory, die ihn mit ungläubigem Ausdruck ansah.

„Was machen wir jetzt?", fragte sie.

„Jedenfalls können wir ihn nicht hier liegen lassen. Sollte ihm etwas zustoßen und wir werden dafür verantwortlich gemacht, wird uns hier wohl niemand eine Unterkunft gewähren." Frederik überzeugte sich, dass noch Leben in dem Kerl steckte. Ein gewaltiger Gestank aus Tabak und Alkohol mischte sich in den Atem des Mannes und stach Frederik in die Nase.

Zumindest heute dreht sich deine Welt weiter, du besoffener Hund, dachte Frederik.

Was sollte er mit ihm anfangen? Er würde ihn nicht in seinen Wagen heben können. Vielleicht sollte er einfach jemanden um Hilfe bitten und so der Sache elegant den Rücken kehren.

Frederik ging ein paar Schritte auf ein weiteres Gebäude zu. Es war deutlich größer als das Haus am Dorfeingang. Ein zweiflügeliges Tor an der Stirnseite ließ Frederik vermuten, dass es sich um eine Scheune handeln müsste. „Hallo?" Er wollte niemandem als Dieb erscheinen, weswegen er sich zu erkennen geben wollte. „Ist da wer? Mein Name ist Frederik Trumbull.

Ein Mann benötigt Hilfe." Frederik drehte seinen Kopf in alle Richtungen. Als er seine Frau auf dem Kutschbock sah, wurde ihm klar, dass sie sich nicht noch länger von ihrem Quartier abhalten lassen durften. Er musste jemanden auf der Straße ansprechen. Das wäre jedenfalls vernünftiger, als einfach so in eine Scheune zu spazieren und den Besitzer womöglich zu erzürnen.

Er ging wieder zurück zum Wagen. Dabei nahm er am Rande seines Blickfeldes eine Handkarre wahr. Sie stand so nahe an einem Zaun, dass er sie wohl vorhin übersehen hatte. Es musste sich um eine Strohkarre handeln, denn nicht wenig davon bedeckte die Ablagefläche.

Frederik hatte die Lösung für sein Problem gefunden und sein erster Gedanke gewann wieder die Oberhand. Er wollte dem Mann am Straßenrand helfen.

Ohne sich weitere Gedanken darüber zu machen, ob ihn jemand für einen Dieb halten würde, zog er den Strohkarren bis zu der Stelle, wo der Betrunkene lag. Zum Glück verfügte der Karren nur über eine Achse. So konnte Frederik leicht die Ladefläche mit der offenen Rückseite zu Boden drücken, und seinen Fuß drauf stellten. Den Mann packte er unter den Armen und zerrte ihn zu sich heran.

Noch immer gab er keinen Laut von sich.

Frederik musste sich stark dem Gewicht des Mannes entgegenstemmen, um so den schweren Körper vollständig auf die Ladefläche zu bekommen.

Als er den Karren in eine waagerechte Position brachte, baumelten die Füße des Mannes über die hintere Kante in der Luft. Dann zog er den Karren zu seinem Wagen und befestigte ihn an dessen Rückseite.

Nach dieser Anstrengung ging Frederik zu Lory. „Wir haben ihn jetzt im Schlepptau. Ich führe das Pferd von Hand weiter, damit es kein Unglück gibt. Ich will nicht, dass uns der Trunkenbold vom Karren rutscht."

Sie setzten sich wieder in Bewegung.

Mittlerweile war der gepflasterte Weg zu einer ausgewachsenen Straße gereift und Frederik sah ständig zurück zu seiner Frau, die sich wiederum immerfort umsah, um den reglosen Betrunkenen im Auge zu behalten.

Die Situation musste für sie äußerst unangenehm sein, wie Frederik dachte.

Sie erreichten den Teil der Straße, auf dem sich einige Dörfler tummelten. Frederik wollte einen von ihnen ansprechen. Dabei war er darauf bedacht, keine Dame anzureden, was zu dieser späten Stunde wohl mit Argwohn betrachtet werden würde. Jedoch wurden ihm seine Bedenken abgenommen, als Frederik bemerkte, dass ausschließlich männliche Gestalten die Straßen säumten. Erstaunlicherweise schien es niemanden zu interessieren, was der Wagen da angebunden hatte.

Frederik sprach einen älteren Mann an. „Entschuldigen Sie bitte, mein Herr. Wären Sie womöglich so freundlich und könnten mir eine Frage beantworten?"

Der alte Mann ging ein paar Schritte weiter. So, als hätte er Frederik nicht gehört. Dann schwenkte er seinen Kopf im Gehen und musterte Frederik. Erst nach fünf weiteren Schritten blieb er stehen. „Ich hoffe, Sie gehören nicht zu den Halunken, die alte Männer um diese Abendzeit ansprechen, während ein zweiter von der anderen Seite versucht, die Geldbörse zu erwischen."

„Ähm - nein." Frederik hatte mit solch einer Antwort nicht gerechnet. „Wir sind gerade eben erst eingetroffen. Meine Frau wird in der nächsten Zeit ein Kind zur Welt bringen." Er streckte seinen Arm nach hinten aus und wies dabei auf Lory. Aber das war eigentlich nicht, was Frederik dem fremden Mann erzählen wollte. „Hören Sie, ich habe einen Mann dabei, der mir beinahe in mein Pferd gelaufen ist."

Der alte Mann runzelte die Stirn. „Das hört sich etwas wirr an, was Sie mir da erzählen, junger Mann. Wie kann ich Ihnen denn behilflich sein?"

„Würden Sie sich ihn bitte einmal ansehen? Ich möchte ihn zu seiner Stube bringen."

Der Mann blickte einen Moment zurück, bis er schließlich ein unverständliches Geräusch murmelte.

„Lory, der gute Mann kann uns vielleicht helfen." Er sagte das, um seine Frau zu beruhigen.

„Mein Name ist Harold Watts." Dabei reichte er Lory seine Hand. Und ohne den Blick von ihr abzuwenden, fuhr er fort: „Dann lassen Sie mal sehen."

Lory sah Frederik mit hochgezogenen Augenbrauen an. Er bemerkte, dass ihr der Mann Unbehagen bereitete.

„Kommen Sie, Mister Watts."

Gemeinsam gingen sie zum Strohkarren.

„Das ist Bradley Stokes." Er versuchte nicht einmal, seine Abneigung zu verbergen. „In letzter Zeit sieht man ihn kaum noch am Tage. Und nachts treibt er sich dann im Thirsty Bird herum. Dabei sollte er eigentlich seinem Amt nachgehen." Die Stimme wurde noch verächtlicher, als er weitere Auskünfte ausspuckte: „Er wohnt in der First Lane. Bringen Sie ihn da hin. Dort gibt es nur zwei Häuser und das größere gehört unserem Dorfsprecher Deaclan Smyth. Stokes ist seine rechte Hand. Er wohnt in dem kleineren Haus."

„Ich danke Ihnen vielmals, Mister Watts." Frederik ging wieder nach vorne und packte den Zügel. „Du musst auf die Straßennamen achten, Lory. Wir suchen die First Lane." Er zog das Tempo an.

Frederik hatte das Gefühl, einen Klotz am Bein zu haben. Und den wollte er schnell wieder loswerden.

Unterwegs prägte er sich die Umgebung ein. Häuser und Gassen wiederholten sich.

Schließlich kamen sie an eine Kreuzung, durch die vier Straßen miteinander verbunden waren. Lory entzifferte die Innschriften auf einem Wegweiser. „Diese dort. Das ist die First Lane."

Er bog in die Straße ein und erblickte schon bald ein Haus, das seiner Einschätzung nach für zwei Familien Platz bieten konnte. Zwar ließ ihn die Dunkelheit nicht jedes Detail erkennen, aber die breiten Stufen, die zu einer ebenso breiten Tür führten, konnte er sehr wohl ausmachen. Zumal sie von einem prächtigen Handlauf eingerahmt wurden.

Doch zu seinem Erstaunen konnte das Haus daneben noch mit einigen Ausschmückungen mehr aufwarten und Frederik vermutete, dass es sich dabei um das Haus des Dorfsprechers handeln musste. So wusste er jetzt, wo er seine Last abzuliefern hatte.

Er klopfte an die Holztür des ersten Hauses. Zunächst zurückhaltend, dann energischer.

Die Tür wurde einen Spalt breit geöffnet. Das Innere des Hauses war dunkel, weswegen Frederik nicht sah, wer da vor ihm stand.

„Bringen Sie mir meinen Mann? Hat er etwas angestellt?"

Eine weibliche Stimme. Es musste die Frau des Trunkenboldes sein.

„Mein Name ist Frederik Trumbull. Ein hilfsbereiter Herr hat mir diese Adresse genannt. Ich bin Ihnen gerne dienlich und bringe ihren Mann herein."

Die Tür schwang auf und Frederik erkannte jetzt eine Frau, die nur einige Jahre älter zu sein schien als er selbst.

„Das ist sehr nett von Ihnen, Mister Trumbull. Ich weiß auch nicht, was ihn in letzter Zeit treibt. Für die Umstände entschuldige ich mich natürlich. Wenn Sie ihn nur auf die Truhenbank dort drüben legen würden. Ich müsste ihn sonst hier draußen auf der Treppe liegen lassen."

Frederik ging zum Karren und löste ihn von seinem Wagen. Er schleifte Mister Stokes die Steintreppe hinauf, bis in den Vorraum, in dem eine breite Truhe Stand. Die Sitzfläche der Truhe war lang genug, um Mister Stokes dort ablegen zu können.

Als Frederik wieder das Haus von Mister Stokes verlassen wollte, hielt ihn die Frau am Arm fest.

„Haben Sie nochmals Dank. Wenn wir irgendetwas für Sie tun können, kommen Sie zu uns." Sie sah über ihre Schulter in das Innere des Hauses. Dann drehte sie ihren Kopf wieder zu Frederik. „Aber bitte erst im Laufe des morgigen Tages."

Mit diesen Worten schloss sie die Tür und Frederik ging zurück zu Lory.

Als sie ihn erneut fragte, was sie jetzt machen sollten, kam es ihm so vor, als wären sie schon eine Ewigkeit in diesem Dorf. Er wurde von einer starken Müdigkeit überwältigt. Die Eindrücke der letzten Stunden ließen ihn keinen klaren Gedanken mehr fassen und er beschloss, diese eine Nacht noch einmal im Wagen zu verbringen. Lory nahm es ihm, zu seiner Erleichterung, nicht übel.

Frederik hörte Kinder flüstern und setzte sich auf. Sein Rücken schmerzte, aber er war froh, endlich geschlafen zu haben.

Er steckte seinen Kopf durch den Schlitz und blickte ins Freie. Drei Kinder standen um den großen Rappen herum. Ein Junge hielt ihm etwas Gras hin, was das Tier in seinem Maul verschwinden ließ.

„Vielen Dank, dass ihr mein Pferd so großartig versorgt." Frederik lächelte die Kinder an.

„Wieso stehen Sie hier?"

Frederik wurde es in diesem Moment wieder bewusst. Sanft wandte er sich Lory zu. „Wach auf. Heute werden wir eine Unterkunft finden."

Dann sprang er auf die Straße. „Na meine Freunde, ihr wisst nicht zufällig, wo man sich hier nach einer Unterkunft erkundigen kann?"

Eine Stimme hinter ihm gab Antwort: „Was lungern Sie hier vor meinem Haus herum? Scheren Sie sich fort!"

Frederik fuhr erschrocken herum und erkannte, wer ihn da so harsch anredete. „Aber, Mister Stokes. Ich habe Sie doch bis hierher gebracht." Wut und Enttäuschung wechselten sich ab, als Frederik das sagte.

„Was reden Sie da!" Stokes stellte sich auf die Steintreppe. „Wissen Sie nicht, wer ich bin?" Bei diesen Worten erschien seine Frau in der Tür.

„Bradley!" Sie ging die Treppen schnellen Schrittes herunter und platzierte sich vor ihrem Mann. „Mister Trumbull hat dich wahrscheinlich vor dem Erfrieren gerettet und du dankst es ihm so?"

Bradley Stokes fasste sich mit flacher Hand an seinen Kopf und kniff die Augen zusammen.

Für Frederik sah es so aus, als hätte der Mann starke Kopfschmerzen. Vermutlich hatte der Sturz eine Gehirnerschütterung verursacht. Der Umstand, wie Mister Stokes ihm gegenübertrat, brachte Frederik dazu, den Sturz für sich zu behalten. Die Kopfschmerzen würden auch leicht mit einem Kater nach überschüssigem Alkoholkonsum erklärt werden können.

Lory berührte Frederik am Rücken.

Er drehte sich zu ihr. „Er weiß nicht mehr, was gestern Abend geschehen ist, und ist schrecklich wütend, dass wir vor seinem Hause übernachtet haben. Den Sturz behalten wir vorerst für uns."

Lory sah Frederik besorgt an. „Aber vielleicht muss er behandelt werden."

Frederik hob seine Hand. Eine Geste, mit der er Lory um Zurückhaltung bat. Gespannt verfolgte er die Unterhaltung zwischen Misses und Mister Stokes.

„Bradley Stokes! Du wirst dich auf der Stelle bei diesen hilfsbereiten Menschen entschuldigen."

Stokes sah jetzt wieder in Frederiks Richtung. Dabei nahm er wohl auch wahr, dass bei dem Schauspiel noch weitere Zuschauer zugegen waren, denn auf seinem Gesicht verschwanden einige Zornesfalten.

„Meinetwegen. Entschuldigen Sie bitte meine Unhöflichkeit. Ich dachte, Sie wären einer dieser Händler, die überflüssigen Krempel an den Mann bringen wollen." Dann drehte er sich abrupt um und wollte in seinem Haus verschwinden.

Diese arrogante Geste brachte seine Frau erneut dazu, ihre Stimme zu erheben. „Wir schulden Herrn Trumbull für seine Umstände einen Gefallen, Bradley."

Stokes hielt inne. „Was denn für einen Gefallen?" Völlige Abneigung schwang in seiner Stimme mit.

Bei dem größeren Haus ging die Vordertüre auf.

Heraus trat ein Mann, bei dem Frederik unweigerlich an einen Ritter denken musste. Denn seine dunkelblonden Haare fielen an den Seiten bis zum Unterkiefer hinab, während die Haare an der Stirn streng, ja geradezu mit sorgfältiger Präzision, einen scharfen Schnitt von der einen zur anderen Seite beschrieben. Der Mann strahlte Autorität aus. Frederik ahnte, dass es sich bei dieser Person um den Dorfsprecher, Deaclan Smyth, handelte. Seine Erscheinung ließ in Frederik Erleichterung aufsteigen. Alleine würden sie hier nicht weiterkommen.

Der Dorfsprecher zog einmal kurz an seinem Hosenbund. Falls er seinen Bauchansatz dadurch verstecken wollte, missglückte dieses Vorhaben.

Mit gemächlichen Schritten kam er zu ihnen herüber gewandert. Zunächst begrüßte er die Frau von Bradley Stokes. „Guten Morgen, Sophie. Hey Bradley, warum so mürrisch? Waren deine Frühstückseier zu hart?" Er schritt weiter zu den Trumbulls und stellte sich ihnen vor. „Seien Sie gegrüßt. Mein Name ist Deaclan Smyth und ich bin der Dorfsprecher von unserem schönen

Dorf Middlewood. Kann ich Ihnen in irgendeiner Form behilflich sein?"

Frederik sah zu Bradley Stokes, der wie versteinert auf der Treppe abwartete. Misses Stokes stand mit einem freundlichen Gesicht neben ihm. Frederik war froh, dass Stokes für diesen Moment ruhig gestellt war. So konnte er sein Anliegen vorbringen.

„Haben Sie vielen Dank, Mister Smyth. Das ist meine Frau Lory, ich heiße Frederik. Wir sind auf der Suche nach einem Quartier." Frederik schmiegte sich an seine Frau, um dem folgenden Satz mehr Gewicht zu verleihen. „Wir erwarten Nachwuchs und wären sehr dankbar, wenn Sie uns eine kleine Stube zur Miete geben könnten." Jetzt streichelte Frederik seiner Frau über den Bauch und merkte, wie sich der Blick vom Dorfsprecher, durch diese Bewegung, darauf richtete. Genau das wollte Frederik erreichen. Ein Dorfsprecher konnte unmöglich eine schwangere Frau in diesen kalten Tagen des Dorfes verweisen. Er musste ihnen einfach eine Unterkunft anbieten.

Tatsächlich sah Mister Smyth so aus, als denke er darüber nach.

„Dazu muss ich mich mit meinem Berater besprechen." Er wandte sich an Stokes.

Frederiks Hoffnung verflog.

„Hey, Bradley. Wie sieht die Stubenbesetzung aktuell aus? Haben wir noch ein Quartier von den Arbeitern frei?"

Auf Stokes Gesicht zeichnete sich Genugtuung ab. „Tut mir wirklich leid, Deaclan, aber alle Quartiere sind mit Holzfällern besetzt. Da ist nichts zu machen."

Der Dorfsprecher sah wieder zu Frederik. „Wie Sie hören, haben wir wohl kein Quartier mehr frei. Aber zehn Meilen weiter östlich erreichen Sie das nächste Dorf."

Frederik war entsetzt. „Hören Sie, Mister Smyth. Wir haben eine lange Reise hinter uns. Meine Frau ist erschöpft und benötigt dringend Erholung."

Der Dorfsprecher schien erneut darüber nachzudenken, wobei er kaum merklich seinen Kopf auf und ab wippen ließ. „Was ist eigentlich mit Maggy Person? Ist sie wieder aufgekreuzt?"

Nun verschwand die Genugtuung aus Stokes Gesicht. So schlagartig, als hätte ihn jemand mit Eiswasser übergossen. „Ich fürchte, nein. Sie bleibt verschwunden. Ist wohl still und heimlich weitergezogen."

„Ha!" Es hörte sich aufrichtig an, als der Dorfsprecher weitersprach: „Also dann, werte Misses Trumbull. Hiermit darf ich Ihnen mitteilen, dass Sie ihren Nachwuchs in unserem kleinen Dorf zur Welt bringen werden."

Frederik fiel ein Stein vom Herzen und küsste seine Frau.

Bradley Stokes war anzusehen, dass es ihm gar nicht passte, die beiden Neuankömmlinge zu ihrer Unterkunft zu führen. Deaclan Smyth hatte jedoch darauf bestanden, da Stokes die Schlüssel von leerstehenden Unterkünften in Middlewood verwaltete.

Die ärmeren Dorfbewohner konnten in den Baracken leben, solange sie von ihrem Lohn, den sie durch verschiedene Arbeiten bezogen, jeden siebten Penny als Miete abgaben. Zu den Tätigkeiten zählten Feldarbeiten, Bäume fällen und zum Sägewerk transportieren, Häuserbau und was den Besser stehenden gerade so einfiel.

Den ganzen Weg über hatte Stokes sich nicht einmal umgedreht. Er hätte sich zumindest einmal vergewissern können, ob sie hinterherkamen, wie Frederik dachte. Aber tatsächlich hatten sie keine Mühe, den kleinen Schritten des dicklichen Mannes zu folgen. Frederik konnte die Wanderung sogar dazu nutzen, sich die Umgebung einzuprägen. Interessierten Dorfbewohnern nickte er freundlich zu.

Das Wetter versprach schon in den ersten Stunden des Tages, kalt, aber freundlich zu werden.

Ab und zu musste Frederik schmunzeln, weil die Erscheinung von Stokes, von hinten betrachtet, einem Pferd glich.

Die verbliebenen braunen Haare, die eine freie Fläche auf seinem Kopf umrandeten, wuchsen als Zopf gebunden in die Länge. Alleine das kam einem Schweif verblüffend nahe. Dazu kam sein Hintern, der mit so einigen Pferden mithalten konnte.

Das alles hob Frederiks Laune.

Schließlich blieb Stokes vor einem dürftig hochgezogenen Zaun stehen. Das Tor, durch das man ein kleines Grundstück betreten konnte, hing schief in den Angeln. Frederik spähte über den Zaun und entdeckte einen Brunnen, dessen Mauersteine von Moos bedeckt waren, ein von Unkraut überwuchertes Beet, eine Schaufel und anderes Gartenwerkzeug. Hier hatte jemand den Garten sich selbst überlassen. Er hoffte, dass sie es im Inneren der Hütte etwas gepflegter vorfanden.

Das Pferd band er am Zaun fest. „Lass dir helfen, meine Taube." Frederik ließ Lory sachte zu Boden sinken und nahm sie an die Hand.

Stokes war schon vorgegangen. Er hielt die Tür der Hütte auf. „Na kommen Sie schon!"

„Du meine Güte", flüsterte Lory, „was für ein ewiger Griesgram. Hoffentlich sind wir ihn bald los."

Als sie hineintraten, roch es muffig. Außer dem Licht, was sie durch die Tür mit hereinbrachten, drang nur noch durch ein einziges Fenster etwas Hell in den kleinen Raum. Außerhalb des winzigen Fensters erkannte Frederik einen Baum, der das Sonnenlicht daran hinderte, sich voll zu entfalten.

Beschämt sah Frederik zu seiner Frau. Er hatte gehofft, dass er ihr etwas mehr Bequemlichkeit bieten konnte. Aber der Raum entpuppte sich als ein stinkendes Zimmer, auf dessen faulem Holzboden ein Schlafkasten mit dreckiger Matte stand. An der Wand war ein schimmeliges Steinbecken befestigt, in das vermutlich Wasser aus dem Brunnen geschüttet werden sollte, um sich zu waschen. Immerhin gab es eine Feuerstelle mit Abzug. Sie würden also nicht frieren müssen, wie noch zuvor in den kalten Nächten im Wagen. Über der Feuerstelle war ein Haken angebracht. Daran befestigt, hing ein Kochtopf. Ein kleiner Holztisch und ein Stuhl standen ihnen mitten im Weg.

Lory war nicht anzusehen, was sie dachte, als sie sagte: „Vielen Dank, Mister Stokes, dass Sie uns hergebracht haben."

Stokes war dabei, den Schlüssel auf den Tisch zu legen. „Auf der Rückseite des Hauses führt eine morsche Holztreppe in den Keller. Ich rate Ihnen, diesen nicht zu betreten." Er sah beide eindringlich an. „Lebensgefahr."

Das wollte Frederik gerne glauben. „Geht in Ordnung, Mister Stokes. Wenn wir hier zurechtgefunden haben, werde ich mich im Dorf umsehen, wo eine helfende Hand nötig ist."

„Sonntag am Abend wird die Arbeit für die Woche verteilt. Auf dem Richterplatz. Am großen Stein." Er wandte sich um und verließ die Stube, ohne die Türe zu schließen.

Frederik stand im Raum, seine Hände in die Hüften gestemmt. Er musste seufzen. Seine zuvor gewonnene Zuversicht nahm allmählich wieder ab. Er schloss die Tür und ging zu Lory hinüber, die gerade das Fenster öffnen wollte. Sie bekam es nicht auf. Anscheinend klemmte es.

Als wenn sie seine Gedanken lesen könnte, schaute sie ihn an und sagte mit ruhiger Stimme: „Lass den Kopf nicht hängen, Fred. Es ist gut, dass wir jetzt hier sind."

„Ich weiß nicht, Lory. Möchtest du hier unser Kind zur Welt bringen?"

„Ich mache dir einen Vorschlag. Du gehst los und kümmerst dich um das Pferd. Es sollte jetzt wirklich abgespannt und in eine Stallung gebracht werden. Schau dich um und mache dich mit unserer neuen Umgebung vertraut. Und ich", sie machte eine halbe Drehung und fuhr mit dem Arm durch die Luft, „kümmere mich um diese Bruchbude hier."

Ihr zuverlässiges Lächeln gab ihm Kraft. „Du bist das Beste, was mir passieren konnte, meine Taube."

Frederik fand einen Stubenfeger und schaffte den Tisch samt Stuhl nach draußen. Sie sollte es so einfach wie möglich haben.

Danach gab er Lory einen Kuss und widmete sich dem Pferd. Er spannte den Rappen ab, um ihn auf eine Weide bringen zu können. Den Wagen würde er vorerst am Zaun stehen lassen. Noch einmal blickte er zu der Hütte, bevor er sich mit dem Pferd auf den Weg machte.

Lory stand mitten im Raum. Ihre Hände streichelten den Bauch und sie merkte, wie sich die Anspannung löste. Diese Unterkunft war schrecklich. Als sie vorhin das Bedürfnis hatte, ihren Mann zu trösten, klang sie zuversichtlicher, als sie es in Wirklichkeit war. Dennoch war es an der Zeit, zur Ruhe zu kommen. Und deswegen würde sie dieses Loch bewohnbar machen.

Zunächst fegte sie den Staub der Vergangenheit von den Bodenbrettern. Danach musste sie den Raum verlassen und draußen nach frischer Luft schnappen. Sie nutzte die Gelegenheit, um im Wagen nach einigen nützlichen Dingen zu suchen. Die Felle wollte sie nutzen, um die Schlafstätte herzurichten. Der Gedanke, dass schweißtriefende Arbeiter darin gelegen hatten, ekelte sie. Auch musste sie sich schütteln, als sie daran dachte, dass in dem Bett gewisse Bedürfnisse befriedigt worden sind. Zusätzlich fand sie noch zwei Tücher und dankte Frederik innerlich für seine Weitsicht.

Sie ging zurück in den Garten. Ihre Beute hielt sie mit beiden Armen fest umschlossen, wobei sie sorgsam darauf achtete, nicht zu stolpern. Die Sachen entlud sie auf dem Tisch, den Frederik herausgetragen hatte.

Der Wind frischte auf und blies ihr ins Gesicht. Sie dachte nicht daran jetzt umzukehren, nur weil ihr kalt war.

Ihr Blick fiel auf den rund gemauerten Brunnen. Ihr kam der Gedanke, etwas Wasser abzuschöpfen, um damit zu schrubben. Sie schritt über die Wiese und zog das Kleid hoch, damit es nicht noch mehr in Mitleidenschaft gezogen wurde.

Dann stand sie vor dem Konstrukt aus Stein und Holz.

Das Dach war löchrig und es lag schief auf den Stützbalken. Sie blickte hinunter, konnte aber das Ende nicht erkennen. Zu dunkel war es dort unten. Lory war der Brunnen unheimlich. Sie stellte sich vor, wie es wäre, dort unten festzustecken. Die Nässe, die Kälte und die Aussichtslosigkeit, nie mehr an die Oberfläche zu gelangen. Ihre Hände krallten sich in die Brunnenmauer. Lose Steinchen fielen hinab und verursachten ein gluckerndes Geräusch. Es befand sich also Wasser darin.

Schließlich konnte sie die Gedanken mit einem Blick in den Himmel loswerden und erinnerte sich daran, wieso sie hier war. Kurz prüfte sie die Kurbel, den Eimer und das Seil, an dem er hing. Alles war in einem schlechten Zustand, aber Lory wollte es versuchen.

Also drehte sie langsam die Kurbel. Die Achse stöhnte. Als würde sie sich beschweren wollen, dass auf einmal wieder jemand ihre Dienste benötigte. In ruckelnder Abwärtsbewegung glitt der Eimer hinunter und Lory bemerkte bald, dass er das Wasser erreicht hatte. Sie wartete einen Moment, damit der Eimer untertauchen konnte und sich so mit Wasser füllte. Dann drehte sie die Kurbel in entgegengesetzter

Richtung, um ihn wieder hinaufzuziehen. Das dauerte länger, als sie angenommen hatte, doch schließlich schwankte er vor ihr am Seil.

Sie zog den Eimer zu sich. Als sie ihn etwas leerte, um sein Gewicht zu verringern, musste sie über sich selber lachen, weil sie sich so gefürchtet hatte. Es kam ihr jetzt lächerlich vor. Was hatte sie erwartet? Ein Monster, das aus der Tiefe an ihre Kehle springt?

Sie packte den Eimer mit beiden Händen und schleppte sich mit ihm voran. Schwer zog der Eimer an ihren Armen, aber Lory mühte sich weiter ab. Sonst hätte sie die Sache auch direkt sein lassen können.

Am Tisch angekommen blieb sie so abrupt stehen, dass etwas von dem Wasser aus dem Eimer schwappte und ihre Füße nass werden ließ. Lory beobachtete, dass ein kleines Tuch vom Wind aufgenommen und vom Tisch weggetragen wurde. Sie ging in die Hocke und setzte den Eimer ab. Mit eiligen Schritten folgte sie dem Tuch. Sie hatte nicht vor, es entkommen zu lassen.

Es hatte sich in einem Busch hinter der Hütte verfangen und flatterte im Wind. Fast wirkte es so, als winkte es ihr zu.

Lory nahm das Tuch an sich. Dabei fiel ihr Blick auf eine Holzklappe, die beinahe komplett von einem Strauch bedeckt war.

Das musste der Eingang zu dem Keller sein, den dieser fiese Mister Stokes erwähnt hatte. Seine Warnung vor der morschen Treppe kam ihr in den Sinn. Aber auch ohne die warnenden Worte wäre Lory nie im Leben auf den Gedanken gekommen, diese Klappe zu öffnen und in den Keller hinabzusteigen.

Mit dem Tuch in der Hand ging sie wieder zur Vorderseite und packte sich den Eimer.

Drinnen machte sie sich daran, das Steinbecken abzuschrubben. Das Brunnenwasser war trüb, aber der Schimmel, der sich auf dem Becken ausgebreitet hatte, war für sie das schlimmere Übel und musste weg.

Frederik hatte sein Pferd auf der Dorfweide untergebracht und konnte bei einem Bauern noch einen Krautkopf und einen Wintersalat auftreiben. Er war zu dem Entschluss gekommen, dass Middlewood, von Bradley Stokes einmal abgesehen, ein friedlicher Ort war. Hier und da konnte er kurze Gespräche führen, die allesamt freundlich verliefen. Kinder spielten an einem Bach, Holzfäller fuhren mit Karren in den Wald oder verteilten Bodenstreu auf unbefestigten Wegen.

Auch hatte er sich den Richterplatz angesehen, wo in drei Tagen die Arbeit für die nächste Woche vergeben werden sollte. Dort hatte er sich vorgestellt, wie einer der Gutsherren auf einer Erhöhung stand und die Leute einteilte. Für Frederik spielte es keine Rolle, welche Arbeit er übernehmen würde. Er war fleißig und immer bereit, dort anzupacken, wo er gebraucht wurde.

Frederik war zuversichtlich, genug Pennys für Verpflegung und Unterkunft aufbringen zu können.

Er pfiff ein Lied als er weiterging und auf ihre vorläufige Behausung zusteuerte.

Er konnte bereits den Wagen ausmachen. Ihn würde er leer räumen und so gut es ging verzurren. Vielleicht konnte er in den nächsten Tagen einen Scheunenbesitzer ausfindig machen, um den Karren dort unterzustellen.

Kurz bevor er den Zaun erreicht hatte, pflückte er ein paar Krokusse. Die würden Lory sicher gefallen und der Stube ein wenig Farbe verpassen.

Bevor er die Tür öffnete, klopfte er vorsichtshalber an. Als er eintrat, wurde er angenehm überrascht. Lory lag auf einem ordentlich hergerichteten Bett und schlief. Als er sich weiter umschaute, wurde ihm klar, was sie geleistet hatte. Zwar roch es noch unangenehm, aber die Stube war ausgefegt, Steinbecken und Fenster sahen sauber aus. Auf der kleinen Kommode in der Nische stand eine Vase ohne Inhalt. Strahlend stellte er die Blumen hinein.

Lory wollte er schlafen lassen und das Feuer anfachen. Danach würde er mit dem Topf von der Feuerstelle Wasser aus einer der großen Regentonnen, die er unterwegs aufgespürt hatte, abschöpfen gehen. Etwas gekochtes Wasser würde er zum Trinken abfüllen und mit dem Rest eine dünne Suppe zubereiten.

Er entschied sich, zuerst das Brennholz zu sammeln. Vermutlich gab es sogar eine Lagerstelle hinter der Hütte dafür.

Als Frederik ins Freie trat, war der Himmel wolkenverhangen und es roch nach Schnee. Er ging in den hinteren Teil des Gartens und sah einen großen Baum, unter dem tatsächlich ein kleiner Verschlag gebaut war. Er hoffte darauf, dass irgendwer so klug gewesen war und ihn mit Brennholz gefüllt hatte. Frederik nutzte es nichts, einen Baum zu schlagen, denn das feuchte Holz würde nicht richtig Feuer fangen, sondern die Stube unter Rauch setzen.

Dann nahm er etwas in seinem Augenwinkel war und hielt inne. Er sah eine Holzklappe an der hinteren

Mauer der Hütte. Sie bestand aus zwei Teilen und einer davon stand offen. Frederik ging näher heran. Er kniete sich davor und lugte hinein. Außer den ersten beiden Treppenstufen konnte er nichts erkennen. Wurde da unten vielleicht noch mehr Holz gelagert?

Aber nur ein Tölpel würde Brennholz in einem Unterkeller wie diesem lagern. Viel zu feucht war es in solchen Gewölben.

Einen Moment noch verblieb er in seiner lauernden Position, wobei er seinen Kopf hin und her bewegte, um vielleicht etwas erkennen zu können. Aber er sah nichts außer Dunkelheit. Schließlich legte er eine Hand auf die Holzklappe, um sie zu schließen. Plötzlich glaubte er ein Geräusch gehört zu haben. Ganz leise. Ein Flüstern vielleicht.

Hatte sich ein Kind bei einem Abenteuer den Kopf dort unten aufgeschlagen?

„Hallo? Ist da wer?"

Irgendwie erinnerte Frederik die Situation an sein Eintreffen im Dorf, als er in die Scheune dieselbe Frage gerufen hatte.

Aber diesmal erhielt er eine Antwort.

„Fred? Wo bist du denn?"

Es war eindeutig Lory. Aber sie rief nicht aus dem Keller, sondern aus der Hütte.

Er ließ die Klappe fallen und stand auf. Umrundete die Hütte und ging hinein.

Lory hatte sich aufgesetzt. „Da bist du ja. Ich habe dich rufen gehört", sagte sie.

„Alles in Ordnung, meine Taube. Wie ich sehe hast du es uns hier richtig hübsch gemacht." Er setzte sich auf das Bett. „Ich wollte gerade etwas Brennholz suchen und Regenwasser holen. Wir könnten uns eine

Suppe machen. Ich habe uns einen Krautkopf organisiert."

„Geh nicht mehr raus, Fred. Ich möchte, dass du bei mir bleibst."

Lory wirkte unruhig auf Frederik. Sicher war sie sehr erschöpft, von der ganzen Arbeit in der Stube.

„Stimmt was nicht?"

„Der Wind hat ein Tuch bis hinter die Hütte geweht und dabei habe ich diese alte Holzklappe entdeckt. Sie ist mir unheimlich." Lory umschloss mit ihren sanften Händen Frederiks Arm.

Sein Blick klarte sich auf. Jetzt wusste er, wieso die Klappe vorhin aufgestanden hatte. „Also hast du die Klappe geöffnet. Ich dachte schon..."

„Sie war offen?", fiel Lory ihm ins Wort. „Als ich das Tuch fand, stand sie nicht offen und geöffnet habe ich sie, Gott bewahre, auf keinen Fall."

Ihre fragenden Blicke trafen sich.

Es klopfte an der Tür. Beide zuckten heftig zusammen.

Einen kleinen Moment lang rührten sie sich nicht. Dann erhob sich Frederik und ging zur Tür. „Wer ist da?"

„Hier ist Misses Stokes. Ich habe Ihnen eine Kleinigkeit zu essen mitgebracht. Sicherlich konnten Sie sich noch nicht so recht verpflegen."

Frederik öffnete ihr die Tür und Lory erhob sich, um Misses Stokes nicht vom Bett aus begrüßen zu müssen.

„Du meine Güte. Das riecht ja köstlich", sagte sie.

Frederik sah Lory an. Zwar waren ihm die Stimmungsschwankungen seiner Frau wohl bekannt, aber er fragte sich, ob sie es wirklich auf sich beruhen lassen konnte, was sie soeben festgestellt hatte. Er beschloss, der Sache mit der Holzklappe auf den Grund zu gehen. Wenn auch später, denn das Essen roch wirklich sehr verführerisch.

„Darf ich eintreten?"

So, wie Misses Stokes in der Tür stand und sie beide anlächelte, wirkte es wie ein großes Gemälde in einem massiven Holzrahmen.

„Selbstverständlich, Misses Stokes", sagte er.

„Nennen Sie mich doch bitte Sophie."

Jetzt drängelte sich Lory an Frederik vorbei. „Sehr gerne, Sophie. Das ist Frederik und ich heiße Lory. Fred, nimm Sophie doch bitte den Korb ab."

Er stellte ihn auf die kleine Kommode neben die Krokusse. „Ich trage uns den Tisch herein. Bitte, bleiben Sie doch eine Weile, Sophie, und unterhalten sich mit meiner Frau."

Den Tisch stellte Frederik so nah an den Bettkasten, dass Lory und er, darauf sitzend, an dem Tisch Platz fanden. Sophie boten sie den Holzstuhl an.

Sie setzte sich zu ihnen. Allerdings lehnte sie es ab, von dem Mitgebrachten zu nehmen.

Das selbstgebackene Brot war noch warm und der Schinken schmeckte einfach köstlich dazu. Auch gab es ein kleines Stück Ziegenkäse sowie einen Krug Wasser. Anscheinend hatte sie Erfahrung mit Neuankömmlingen.

Frederik hatte eine Menge Fragen, die er Sophie gerne stellen wollte.

„Sagen Sie, Sophie, kommen hier oft Reisende hin? Mir kam es so vor, als wären die Dorfbewohner recht neugierig gewesen, als ich mein Pferd zur Weide gebracht habe." Er ermahnte sich, zuerst das Stück Brot zu zerkauen, bevor er weiterreden wollte.

„Oh nein. Wir haben schon lange keinen Gast mehr begrüßt. Und da sind die Menschen in der Tat etwas neugierig."

„Bitte verstehen Sie mich nicht falsch. Alle waren sehr freundlich." Er wischte sich den Mund mit einer Serviette ab und trank einen Schluck Wasser. Als er den Becher abstellte, fuhr er fort: „Dann haben wir ja Glück, dass vor uns nicht bereits jemand das Dorf erreicht hat. Wie sich herausgestellt hat, ist diese Hütte wohl tatsächlich die einzige, die wir bewohnen können. Kannten Sie die Dame denn, die hier gewohnt hat?"

„Fred!", Lory war es sichtlich unangenehm, wie Frederik Sophie mit Fragen belagerte.

„Schon gut, Lory. Ich beantworte gerne ein paar Fragen. Es ist schön, neue Gesichter in Middlewood zu sehen." Sophie setzte sich aufrechter hin. Der Stuhl musste sehr unbequem sein, wie Frederik dachte.

„Maggy Person ist eine nette Person. Noch gerade im Frauenalter, aber ist sich keiner Schufterei zu schade. Sie hat sich um die Kleidung der Arbeiter gekümmert. Sie genäht, wenn etwas eingerissen war. Aber auch bei der Feldverpflegung hat sie mitgeholfen. Leider hat sie uns, mir nichts dir nichts, verlassen."

„Was ist geschehen?", wollte Lory wissen.

„Das weiß ich nicht so genau. Aber im Vertrauen", sie beugte sich vor, als wenn sie ganz sicher gehen wollte, dass keine Maus in dieser Hütte ihre Worte verstehen konnte, „mein Mann kann ganz schön knurrig werden, wenn er mit der Leistung der Arbeiter und Helfer nicht zufrieden ist. Vielleicht hat er sie damit vergrault. Obwohl das Kindchen vermutlich gar nicht weiß, wo es hin soll."

„Ob sie wieder auftaucht?" In Lorys Frage konnte Frederik die wirkliche Absicht darin hören. So leid es Lory für Maggy Person auch tat, würde sie hoffen, dass Maggy zumindest in den nächsten Wochen nicht wieder aufkreuzen würde.

„Das glaube ich nicht. Sie ist bereits zwei Wochen fort."

Lory war die Entspannung anzusehen. Auch Frederik war zwar beschämt wegen der Frage, aber erleichtert über die Antwort.

Nach der Plauderei verabschiedete sich Sophie und bot an, morgen mit Lory einen Spaziergang zu unternehmen.

„Sie war wirklich sehr nett", sagte Lory zu Frederik.

„Schon merkwürdig, dass so eine liebenswürdige Person mit solch einem Stinktier zusammen lebt." Frederik stand jetzt vor dem geschlossenen Fenster und sah hinaus. Trotz des Baumes, der so dicht am Fenster stand, konnte er den Glockenturm des Dorfes und die Hügelkette in der Ferne sehen.

Die Sonne hatte sich bereits soweit gesenkt, dass es aussah, als würde sie von den Hügeln gestützt. Er wusste, dass das Bild trügerisch war. Denn bereits jetzt konnte es in den Nächten bitterkalt werden.

Er beschloss, sein Vorhaben wieder aufzunehmen und wollte so viel Holz sammeln, dass sie die Hütte aufheizen konnten. „Ich gehe uns noch kurz etwas Holz sammeln. Bin gleich zurück, meine Taube. Ich liebe dich."

„Ich liebe dich auch. Komm schnell wieder. Dann machen wir es uns gemütlich."

Er zog sich warm an, setzte eine Mütze auf und ging schnellen Schrittes um die Hütte. Wieder hoffte er, dass der Verschlag unter dem Baum mit Holzscheiten bestückt war.

Frederik atmete erleichtert auf, als er tatsächlich etwas Brennholz darin fand. Er legte sich ein paar Stücke auf den linken Unterarm und klemmte sie mit dem letzten Scheit ein. Dann stand er auf und ging zurück zur Hütte.

Wie ein Schlag traf es ihn, als er die offenstehende Holzklappe sah. Die Scheite purzelten wild durcheinander zu Boden. Sein Magen verkrampfte sich, denn die offene Klappe wirkte so falsch in diesem Moment.

Mit einem unguten Gefühl rannte er zurück zu Lory, ohne sich weiter um die Klappe zu kümmern.

Er riss die Tür auf und fand Lory an der Kommode stehend vor.

Durch das Gepolter erschrak sie fürchterlich und schrie auf.

„Lory! Ist alles in Ordnung?"

„Nein, Fred! Du hast mich zu Tode erschreckt."

„Es tut mir leid, aber ich hatte so ein Gefühl." Er musste kurz inne halten, um seine Lungen mit Sauerstoff zu versorgen. „Die Klappe stand wieder offen und plötzlich hatte ich Angst um dich."

Sie kam ihm entgegen und umarmte ihn. „Ist schon gut, mein Liebling." Ihre Hand streichelte seine Haare. Für diesen Moment war es das wundervollste, was Frederik sich wünschen konnte.

Unvermittelt stieß Lory einen panischen Schrei aus. Sein Ohr ließ für kurze Zeit nur noch dumpfe

Geräusche durch, die mit einem hohen Summton einhergingen.

„Da ist eine Frau am Fenster!" Lory stieß sich von ihm ab und prallte gegen die Kommode. Die Krokusse wirbelten durch die Luft.

Frederik riss seinen Körper herum. Er sah nichts.

Blitzschnell rannte er aus der Hütte. Zu der Seite, in der das Fenster eingelassen war. Niemand war zu sehen. Doch als er das Fenster erreichte, glaubte er, den Boden unter seinen Füßen zu verlieren. Wieso stand das Fenster auf? Keiner der beiden hatte es öffnen können. Er konnte den Gedanken nicht zu Ende denken.

Ein unwirklicher und schriller Schrei explodierte in der Stube. Aber es hörte sich nicht nach Lory an. Spielten ihm seine Nerven einen Streich? Durch das Fenster bot sich ihm ein entsetzliches Bild.

Lory stand wie angenagelt an der Wand und vor ihr hatte sich eine schemenhafte Gestalt aufgetürmt. Alles, was Frederik in diesem Augenblick wahrnahm, war eine weit aufgerissene Fratze, aus der dieses wahnsinnige Gekreische kam.

Frederik schrie ebenfalls. Dennoch konnte er sein eigenes Gebrüll nicht hören. Zu laut war das Gekreische der Erscheinung.

Er hastete zurück zur Tür und prallte mit seiner Schulter so fest dagegen, dass der Schmerz wie ein glühendes Eisen auf seinen Körper wirkte. Doch die Tür sprang nicht auf. Er musste sie eintreten. Sie flog mit einem lauten Krachen gegen die innere Steinwand und splitterte.

Dann schnellte sie zurück und traf seinen Kopf.

Er stürzte.

„Nein! Ich bin hier! Verschwinde!"

Die Umgebung wurde dunkel und er spürte eine Kälte, die ihn umgab. Frederik wollte weiter schreien, aber er konnte nicht. Er konnte auch nicht aufstehen. Sein Kopf schmerzte so sehr.

Kurz, bevor er das Bewusstsein verlor, sah er, wie die Gestalt zum Fenster schwebte und ihn dabei ansah. Lange schwarze Haare fielen über ihren schemenhaften fahlen Körper und umrandeten ein dämonisches Grinsen. Graue Augen wurden von diesem Grinsen unterstrichen.

Sie verschwand durch das Fenster. Bestürzt blickte er auf seine Frau. Sie starrte mit leblosem Blick in den Raum.

Der Anblick seiner Frau, stumm und apathisch, brannte sich in sein Gedächtnis.

Dann umhüllte ihn die Schwärze der Ohnmacht.

F Ü N F

Frederik öffnete seine Augen. Er lag auf dem Rücken und sah in einen wolkenfreien Himmel. Klar und blau. Dann fühlte er Gras an seinen Händen. Als nächstes nahm er diesen bestimmten Geruch wahr, der nur im Sommer entstehen konnte, wenn die Gräser ihre volle Pracht entfalteten. Ein Lachen brachte ihn dazu, sich aufzusetzen.

Er konnte nichts weiter erkennen als eine Wiese, die sich bis zum Horizont erstreckte.

Das Lachen war immer noch da und als er sich umsah, entdeckte er seine Tochter. Er lächelte sie an.

Sie saß auf einer Schaukel, die an dem einzigen Baum befestigt war, der auf der Wiese seine Wurzeln geschlagen hatte. Dahinter war nichts weiter als diese Wiese.

Frederik genoss den Moment und schaute seiner Tochter beim Schaukeln zu. Sie sah so friedlich und glücklich aus. Ihr Lächeln schien dem Himmel zu gehören. Er wollte ihren Namen rufen, aber er fiel ihm nicht ein.

Wieso konnte er sein Kind nicht beim Namen rufen?

Etwas stimmte nicht.

Frederik stand auf und ging zu ihr. Dabei nahm er eine Veränderung an seiner Tochter wahr. Er konnte beobachten, wie ihr Haar immer länger wurde. Es wuchs immer schneller, bis über die Schultern und färbte sich von einem feurigen Rot in ein kaltes Grau, bis es schließlich pechschwarz war. Während dieser Verwandlung schoben sich dunkle Wolken über Frederik zusammen. Im nächsten Moment stand er knietief im Schnee. Der Baum trug kein Blattwerk mehr und ragte kahl in die Höhe.

Frederik erschrak und wollte zu seiner Tochter eilen, aber er musste sich abmühen, durch den tiefen Schnee zu stapfen.

Das Mädchen hatte aufgehört zu lachen. Sie saß auch nicht mehr auf der Schaukel sondern auf dem Ast, an dem die Schaukel befestigt war. Feurige Augen stachen aus dem bleichen Gesicht hervor.

Als Frederik endlich an der Schaukel angekommen war, fiel er vor Erschöpfung in die Ketten, die die Schaukel hielten. Als hätten sie auf seine Berührung gewartet, schlangen sie sich um seinen Körper. Das Mädchen beobachtete ihn mit einem widerlichen Grinsen und die Ketten zerrten an Frederiks Armen. Er wurde hin und her geschleudert.

Immer wieder, hin und her geschleudert.

Dann schlug er die Augen auf.

Er lag auf dem harten Boden in der Hütte, die er mit Lory bezogen hatte. Jemand Fremdes war über ihn gebeugt und schüttelte ihn. Er ließ erst von ihm ab, als Frederik sich aufrappeln wollte. Er verstand nicht, was die Person sagte, erkannte aber, dass es eine männliche Stimme war. Und die Stimme redete sehr schnell mit einem unheilvollen Unterton.

Als Frederik sich erhoben hatte, musste er inne halten und die Augen zusammenkneifen. Beide Hände drückte er an die Seiten seines Kopfes, um sich dem unglaublichen Dröhnen in seinem Schädel zu erwehren. Dann sah er zu der Stelle hinüber, wo er Lory zuletzt gesehen hatte. Er schob den Mann mit einem Arm zur Seite und ging zu der Wand. Lory war nicht zu sehen. Ängstlich rief er ihren Namen.

„Hören sie Mister? Ist das Ihre Frau da draußen?" Der Mann redete ununterbrochen auf Frederik ein.

Und schließlich drang seine Stimme zu Frederik durch.

Er wandte sich dem Mann zu. „Was? Wo ist meine Frau?"

Die Holzbretter wackelten unter Frederiks Füßen. Aber er erlaubte seinem Körper nicht, auf den Boden zu sacken. Schließlich begriff Frederik, was der Mann da sagte und taumelte an ihm vorbei. Er trat durch die schief hängende Tür und schritt nach draußen.

Im Garten waren Leute. Einige liefen hysterisch durch die Gegend und stammelten unverständliche Worte.

Frederik ging auf die Menschen zu. „Lory? Was macht ihr hier? Lory!"

Die Menge teilte sich und gab seinen Blick frei. Der alte Brunnen stand bedrohlich in seinem Weg. „Lory?" Frederik stockte. „Oh Gott, nein! Was habt ihr getan?" Er hastete zu dem Brunnen.

Nur ihr Oberkörper war zu sehen. Die Beine hingen in den Brunnenschacht hinab. Ihr Kopf war überstreckt und das Brunnenseil hatte sich tief in das weiße Fleisch ihres Halses geschnitten. Aus den aufgequollenen Augen hatten sich Rinnsale aus Blut geschlängelt. Die Zunge hing heraus, als würde sie versuchen, den roten Saft vom Kinn zu lecken.

Frederik umarmte seine Frau, um sie aus dem Brunnenschacht zu ziehen. „Helft mir doch verdammt! Helft mir, sie zu befreien."

Die Leute schauten mit Entsetzen dem verzweifelten Befreiungsversuch zu.

„Warum hilft mir keiner? Lory!" Tränen benetzten sein Gesicht. Frederik schaffte es, Lorys Beine über die Mauer zu legen. Doch wenn er jetzt loslassen würde, würden die Beine wieder durch das Gewicht ihres Körpers in den Brunnen gezogen werden. Frederik konnte nicht mehr klar denken. Verzweifelt umklammerte er die Beine seiner toten Frau und ließ sie nicht mehr los.

Quälend lange verharrte er so vor dem Brunnen. Augen und Lippen fest zusammengekniffen. Krampfhaft riss er ab und zu den Mund weit auf, um nach Luft zu schnappen. Seine Kräfte schwanden. Er zwang seine Finger, sich in den Leinenstoff des Kleides seiner Frau zu krallen. Sie durften nicht den Halt verlieren. Er hatte Angst, dass beim Zurückfallen der Beine, das Brunnenseil reißen und der Brunnen seine Frau verschlingen würde. Noch einmal rief er um Hilfe.

Dann trat eine Frau neben ihn, griff mit einer Hand um den Hals der Erhängten, führte mit der anderen Hand ein Messer an das Seil und durchtrennte es. Zeitgleich, mit dem Absacken des Oberkörpers der Toten, ließ die Frau das Messer fallen und nutzte den freigewordenen Arm, um die Leiche über die Brunnenmauer zu hieven.

Frederik stürzte rückwärts zu Boden. Gerade dachte er, dass er den Kampf verloren hatte, den er gegen den Brunnen geführt hatte, als ein Gewicht auf seinen Bauch drückte.

Lory lag auf ihm. Sie lag direkt auf seinem Körper und doch war sie so weit weg. Sie drückte sich nicht an ihn, wie sie es immer tat, um ihn zu wärmen. Stattdessen drang die Kälte ihres Körpers zu ihm durch. Die Kälte des Todes.

Lory war tot.

Frederiks Verstand schlug wie ein Faustschlag zu. Er schrie. Behutsam schob er den Körper seiner Frau von sich. Dann kniete er sich hin und bemerkte, dass die Leute immer noch um ihn herum standen.

Für einen Moment tat es Frederik gut, als seine Trauer in flammende Wut hinabglitt.

Er setzte seine letzten Kraftreserven frei und sprang auf. Stürmte auf den jungen Mann zu, der ihm am nächsten stand. „Was habt ihr gemacht?"

Bevor der Mann etwas erwidern konnte, landete Frederiks Faust schmetternd auf dessen Kinn. Er verlor sofort das Bewusstsein.

Die Schaulustigen zogen sich zurück. Vermutlich, weil sich in diesem Moment niemand in seinen Weg stellen wollte. Für sie musste es so wirken, als hätte Frederik die Tollwut und könnte nicht von zehn Männern niedergerungen werden.

„Haut ab!"

Die Leute lösten den Pulk auf und verteilten sich in alle Himmelsrichtungen.

SECHS

Nach dem Wutausbruch drehte sich Frederik wieder zu Lory, die auf der gefrorenen Wiese lag.

Der Anblick einer Frau, die neben ihr kniete, ließ ihn stutzen. Gerade, als er auf sie losgehen wollte, erhob sich die junge Frau und sagte: „Wir können dein Kind retten."

Frederik wusste nicht, was ihn innehalten ließ. Ob es die sanfte Stimme der Frau war, die in dieser Szenerie schmerzlich tröstend war, oder ob es das Gesagte war, was sein Gehirn jetzt verarbeitete.

Und als ob die Frau wusste, dass er Schwierigkeiten hatte zu verstehen, was sie gesagt hatte, wiederholte sie es. „Wir können es retten. Aber es muss jetzt schnell gehen."

Frederik hatte die Umgebung aus seiner Wahrnehmung verbannt und wollte der Frau zuhören. „Wer bist du?"

„Wir haben keine Zeit. Trage deine Frau in die Hütte und lege sie dort auf den Boden."

„Ist gut." Von einer Unwirklichkeit umhüllt, folgte Frederik ihrer Anweisung wie in einem Traum. Er ließ sich von den Worten leiten und erhob den Leichnam seiner Frau. Dann trug er ihn in das Innere der Hütte und legte seine tote Frau sorgsam auf den Holzboden.

Die Fremde kam ihm hinterher. „Ich war nicht allein hier. Gleich wird mir ein Junge, den ich zuvor losgeschickt habe, meine Tasche bringen. Dann kann ich das Kind aus dem Bauch holen."

„Aber dazu musst du meine Frau aufschneiden."

„Ja. Und ich brauche deine Hilfe."

Frederik musste sich schnell umdrehen, um seinen hochsteigenden Mageninhalt nicht in die Mitte des Raumes zu verteilen.

„Wir dürfen nicht mehr warten. Du musst mir helfen."

Obwohl die Stimme der Frau immer noch sanft und ruhig klang, lag jetzt eine Strenge in ihrer Aufforderung.

Frederik nickte.

Dann polterte ein Junge durch die Tür und keuchte heftig. Unfähig, aufgrund der Atemnot zu sprechen, überreichte er der Frau eine braune Tasche.

Sie nickte dem Jungen zu. „Danke, Tom. Bitte gehe jetzt."

Ein letzter Blick des Jungen auf die tote Frau genügte und er verschwand so schnell, wie er gekommen war.

Die Frau wandte sich an Frederik. „Hör mir zu. Wenn ich den Bauch aufschneide, hältst du ihn ständig geöffnet."

Als Frederik sich neben die Tote kniete, zog die Frau ein mit Leinen umwickeltes Päckchen aus der Tasche. Ihre Bewegungen wurden jetzt flüssiger, ohne dabei hastig zu wirken. Und als sie den Stoff nach zwei Seiten aufschlug, legte sie ein kleines Stück Holz frei, das am oberen Ende gespalten war.

Die Frau nahm jedoch einen anderen Gegenstand in die Hand. Ein Kurzschwert, das aus einer schmalen geschwungenen Klinge bestand. Der Schaft endete in einem Knochen, der als Griff diente. Mit der Klinge schlitzte sie das Kleid in der Mitte auf, sodass der Oberkörper frei lag. Anschließend setzte sie die Spitze kurz unterhalb der Brust der Toten auf. Mit einem heftigen Ruck glitt die Klinge in das leblose Fleisch. Den Knochengriff umfassten jetzt beide Hände der Frau und sie fing an, den Bauch aufzutrennen.

Frederik hielt die Augen geschlossen.

Er fühlte, wie seine Frau sich zu den Schnittbewegungen bewegte. Dabei drang die ganze Zeit über ein schmatzendes Geräusch an seine Ohren. Als wäre es nicht genug gewesen, Frederiks Seele damit zu beschmutzen, folgte ein Übel erregender Geruch, der ihm beinahe erneut die Galle in den Mund getrieben hätte.

Irgendwann hörten die Bewegungen auf und nur noch das Schmatzen war zuhören.

Dann hörte auch das auf.

Stoff wurde zerrissen.

Er wagte nicht, seine Augen zu öffnen.

Der Holzboden knarzte.

„Gib mir deinen Überhang. Wir müssen es warm halten."

Frederik musste sich zwingen, seine Hände von der Stelle zu lösen, an der sie sich verkeilt hatten. Doch allmählich öffneten sie sich wie von selbst. Und mit dem Öffnen der Hände hoben sich auch seine Augenlider.

Als er sich das Schaffell über den Kopf hinweg auszog, erkannte er dankbar, dass die Frau den weißen Stoff des Bettes über den Leichnam gelegt hatte.

Als wäre er ein Riese, der auf eine verschneite Bergkette hinab blickte, betrachtete Frederik den verdeckten Körper seiner Frau.

Noch immer auf dem Boden kniend, wanderte sein Blick nach oben und er streckte dabei der Frau das Fell entgegen. Sie hielt das Kind in ihrem Arm. Es war umwickelt mit herausgerissenen Fetzen aus dem Kleid seiner toten Mutter. Frederik starrte das Bündel an und erhob sich. Als er um seine Frau herum ging, ließ er den Blick auf sein Kind gerichtet. Es hatte sich nicht einmal bewegt. Dennoch wurde es von der Frau in das Fell gewickelt.

„Ist es tot?"

Sie antwortete ihm nicht, sondern umschloss mit ihrem Mund die Nase und den Mund des Kindes.

„Du hast gesagt, dass du es retten kannst!"

Die Frau pustete ihren Atem in das Totgeborene.

Frederik legte seinen Kopf in den Nacken und streckte seine Arme aus, als wolle er etwas auffangen. „Wieso tust du mir das an, Herr?"

Das Kind schrie.

Frederik zuckte zusammen. Es war sein Kind, das da so schrie, als wollte es die ganze Welt beschimpfen.

Frederiks Augen füllten sich mit Tränen und ein unsagbar dicker Knoten breitete sich in seinem Hals aus. „Ich liebe dich", war alles, was er hauchen konnte.

Die Frau hielt ihm sein Kind entgegen und lächelte ihn dabei an. „Du musste seinen Kopf stützen."

„Es ist ein Junge?"

Sie nickte.

„Ein Junge", sagte Frederik noch einmal. Er spürte den zarten Körper an seiner Brust.

„Sie ihn dir an, Lory." Er drehte sich in ihre Richtung.

„Wir haben einen Jungen bekommen."

SIEBEN

Stanley Birch arbeitete in seiner Werkstatt, die gleichzeitig als Wohnraum diente, und summte ein Lied.

Es waren unangenehme Umstände, die seinem Vater endlich wieder einen Auftrag beschert hatten, dennoch war der Junge froh, seinem geliebten Handwerk nachgehen zu können. Jeden Penny, den ihm sein Vater als Anteil gab, sparte Stanley als Lehrgeld. Er träumte davon, irgendwann einer richtigen Zunft beizutreten und eine Lehre als Tischler antreten zu können. Ob er dann nach Middlewood zurückkehren würde, war für ihn fraglich.

Gerade arbeitete er an dem Bodenbrett einer Kiste, als die Tür von außen geöffnet wurde. Sein Vater trat ein und rieb sich die Hände. „Herrgott, ist das kalt geworden. War eine verteufelte Arbeit, die Erde aufzustemmen." Er ging geradewegs zur Feuerstelle und legte ein Scheit nach. Während er sich die Hände am Feuer wärmte, schaute er seinem Sohn bei der Arbeit zu. „Bist sehr eifrig, mein Sohn. Hätt' nicht gedacht, dass du bis zum Abend so weit bist."

„Wenn ich hier eins gelernt habe, Vater, ist es Kisten in jeder Form zu bauen." Er legte den Holzhammer zur Seite und nahm sich ein Brett von dem sorgsam zurechtgelegten Stapel. „Obstkisten, Brotkisten,

Werkzeugkisten. Manchmal Reparaturen oder etwas Holzschmuck." Er knallte das Brett laut auf den Tisch und zuckte, selbst über den lauten Knall erschrocken, zusammen. „Entschuldige, Vater. Aber ich kann mehr als nur das. Wieso geben mir die Leute hier nicht größere Aufträge? Wieso ziehen sie zu Tage los und kehren des Abends mit einem neuen Möbelstück heim?" Er setzte sich auf seinen Holzschemel und schaute enttäuscht auf den Boden, der über und über mit Holzspänen bedeckt war.

Sein Vater legte seine großen Hände auf die Schultern des Jungen. „Hör mir zu, Sohn. Ich weiß, dass du mehr kannst. Die Leute sehen nur, was sie sehen wollen. Einen jungen Mann, der sich abmüht, aus Holz nützliche Dinge zu schaffen. Aber sie vertrauen deinem Geschick nicht, weil du noch so jung bist."

Stanley sah in die gelblichen Augen seines Vaters. Seit dem Tod der Mutter im letzten Jahr schien sein Vater um viele Jahre gealtert zu sein. Als sie ihrem Husten erlegen war, hatte sein Vater sich von Gott abgewandt und ihn nur noch in seinen Flüchen erwähnt. Dabei war er zuvor ein Kirchenmann gewesen. Ein Priester, der sich um die Sorgen und Bedürfnisse anderer gekümmert hat.

In der Zeit seiner Amtsniederlegung litten sie ständig Hunger. Aber immer hatte sein Vater gesagt, dass sie es auch schaffen konnten, ohne im Dienste des Herrn zu stehen.

Er hatte sich geirrt.

Der Hunger hatte ihre Körper geschwächt und sie beide krank gemacht. Eine elende Zeit mussten sie überstehen. Danach war sein Vater wütend von der

Anhöhe ins Dorf geschritten, als träge das Dorf Schuld an dem Tod seiner Frau. Stanley wusste, dass er in Wirklichkeit wütend auf sich selber war. Dem Dorfsprecher hatte er in strengem Ton erklärt, dass er wieder für Arbeiten im Dienste der Kirche zur Verfügung stehe.

Deaclan Smyth hatte das strenge Auftreten des Priesters mit einer herzlichen Umarmung erwidert. Seitdem konnten sie sich wieder Getreide und Brot leisten.

Stanley schaute seinem Vater dabei zu, wie er den mit Wasser gefüllten Grapen über die Feuerstelle hing. Dabei verspürte Stanley ein Gefühl von Wärme und Stolz. Und als er über die Worte seines Vaters nachdachte, festigte sich sein Entschluss, schon bald in die Lehre zu gehen.

Doch vorerst würde er seinem Vater weiter zur Hand gehen. Stanley wandte sich wieder seiner Kiste zu und summte sein Lied weiter.

Der Sarg musste bis morgen früh fertig werden.

„Herrgott, Stanley! Du hast in dem Ding geschlafen?"

Sein Vater stand im Wohnraum. Stanley schien bis zur Erschöpfung gearbeitet zu haben. Anders wäre dieser Umstand nicht zu erklären gewesen.

Da lag sein Sohn in der auf dem Boden befindlichen Kiste, die als Sarg dienen sollte. Die Füße stießen, ebenso wie der Kopf, gegen die inneren Bretterwände. Einen Deckel gab es nicht. Normalerweise wurden die Toten nur auf ein Brett gelegt und mit einem Tuch bedeckt, dem Erdreich übergeben. Sein Sohn widersetzte sich der Einfachheit und fertigte stets eine

Kiste an, die die Toten umschloss. Ein weiterer Beweis für dessen Raffinesse.

Der Junge gab ein Grunzen von sich. „Guten Morgen, Vater. Ich wollte den Sarg auf Tauglichkeit prüfen, damit ich von meiner Arbeit überzeugt sein kann."

„Einen Sarg auf Tauglichkeit prüfen?" Stanleys Vater schüttelte den Kopf. „Tust so, als ob es ein Stuhl sei, der probegesessen werden muss." Er reichte seinem Sohn eine Hand und half ihm aus der Holzkiste. Dann umrundete er sie und nickte anerkennend. „Ist zwar nur für unter die Erde, aber sieht sehr gut aus, mein Sohn."

„Danke, Vater. Wann holen wir sie ab?"

„Zieh die Schuhe und deinen Überwurf an. Wir müssen los."

Stanley zog seine ledernen Schnallenschuhe an und warf sich seine Schafwolle über. Hastig schlang er den Rest der Grütze vom Vortag herunter.

Dabei übersah er eine Fliege, die sich anscheinend dazu entschlossen hatte, ihrem Leben in einer Getreidepampe ein Ende zu setzen.

Gemeinsam trugen sie die Kiste nach draußen und legten sie auf eine Holzkarre.

In der letzten Nacht hatte Schneefall eingesetzt, der Wiesen, Felder und Wege mit einer weißen Schicht bedeckt hatte. Gemeinsam zogen sie den Karren einen holprigen Weg ins Dorf entlang.

Nach der Rettung seines Sohnes hatte Frederik Lory, mit Hilfe der Frau, in das Bett gelegt. Er dankte ihr aufrichtig und hatte sie dann gebeten zu gehen. Er wollte alleine mit seinem Sohn und seiner toten Frau sein. Sie tat ihm den Gefallen, sagte jedoch, dass sie wiederkommen würde. Der Hunger des Jungen müsse gestillt werden.

Irgendwann hatte der Dorfsprecher geklopft und Frederik sein Beileid übermittelt. Als er Frederik fragte, ob er etwas tun konnte, bat Frederik ihn darum, dafür zu sorgen, dass ihn niemand mehr stören würde. Deaclan Smyth hatte die Bitte angenommen und versprach, sich um den Priester zu kümmern. Frederik war ihm dafür dankbar gewesen und froh, als er wieder alleine war.

Den restlichen Tag und die letzte Nacht hindurch hatte er das Neugeborene wiegend in seinen Armen gehalten und Lory angesehen. Das schreiende Bündel hatte er versucht, durch leises Singen zu beruhigen. Schließlich hatte er ihn zu seiner toten Mutter ins Bett gelegt und langsam war das aufgebrachte Atmen in ein sanftes Schlafen übergegangen.

Als die Ruhe sich über Frederik ausbreitete, fand er dennoch wenig Schlaf. Immer wieder blitzten schreckliche Bilder von diesem Monster vor seinen Augen auf. Er war nicht im Stande zu begreifen, was er da gesehen hatte. Vielleicht war das alles ein Trugbild. Vielleicht hatte ein Dorfbewohner seine Frau getötet und sein Gehirn setze ihm diese Bilder vor, weil Lorys Tod zu grauenvoll war.

Aber er hatte die Erscheinung vor dem Tod seiner Frau gesehen. Ängstlich blickte er sich in der Stube um, ob sie nochmals auftauchte. Irgendwann sank er dann doch noch in einen unruhigen Schlaf.

Das Krähen eines Hahns weckte ihn auf. Frederik hatte das Gefühl, gerade erst eingeschlafen zu sein. Still dankte er Gott, dass diese furchtbare Nacht vorüber war. Gleich darauf bat er Gott um Kraft, diesen Tag zu bestehen.

Leise erhob er sich aus seiner gebeugten Haltung. Er betrachtete das unwirkliche Paar in der Schlafstätte. Beinahe sah es so aus, als würden sie einfach nur friedlich schlafen und ihre Wärme teilen.

Der letzte Gedanke der Nacht flammte noch einmal auf. Der Gedanke, sich zu ihnen zu legen und dafür zu sorgen, dass alle drei wieder vereint waren.

Das ungleichmäßige Läuten einer Glocke brachte ihn zurück in die kalte Wirklichkeit.

Er ging zur Tür, um nachzusehen, was das zu bedeuten hatte. In dem Moment, als er sie öffnete, stockte sein Atem.

Ein Junge und ein Mann kamen den Weg herunter gewandert. Sie kamen direkt auf seine Unterkunft zu. Der Mann hielt eine Glocke in der Hand, die er unermüdlich hin und her schwang. Mal schneller, mal langsamer. Mit der anderen Hand zog er einen Karren hinter sich her, wobei der Junge ihm half. Eine Kiste befand sich darauf. Und als wäre dieser Anblick nicht befremdlich genug gewesen, konnte Frederik dahinter noch drei Frauen ausmachen, die dem Läuten folgten und mit schwarzen Tüchern verhüllt waren. Das Schwarz ihrer Kleider ließ die weiße Landschaft geradezu erleuchten. Es hatte angefangen zu schneien, wie Frederik in diesem Moment bemerkte.

Sie waren seinetwegen gekommen. Nein, nicht seinetwegen.

Die Feststellung drückte seinen Magen zusammen. Sie kamen, um Lory zu holen. Der Dorfsprecher hatte gesagt, dass er sich um den Priester kümmern würde.

Bis vor wenigen Augenblicken war Frederik sich seiner nächsten Schritte nicht gewiss gewesen.

Panik ergriff ihn. Frederik wusste, dass es sein musste, aber er war noch nicht bereit dafür. Er hatte noch nicht einmal akzeptiert, dass Lory nicht mehr lebte. Nie mehr würde sie ihn anlächeln. Sie würden sich nie mehr berühren können. Wie konnte da eine Gruppe von Fremden aufkreuzen und so tun, als hätten sie das Recht, Lory zu holen und in der kalten Erde verschwinden zu lassen?

Der Mann trat durch das Gartentor. „Gott helfe dir über diese schweren Tage hinweg, mein Sohn. Deine Frau wird in die Herrlichkeit eintreten und dem Wahrhaftigen gegenübertreten dürfen. Gott sei ihrer Seele gnädig."

Frederik konnte sich nicht bewegen. Er war starr vor Angst. Angst vor dem endgültigen Verlust seiner Frau. Niemandem sollte Lory gegenübertreten. Auch nicht dem Wahrhaftigen.

„Wie ist der Name deiner Frau?"

„Lory", flüsterte Frederik.

„Gehen wir zu ihr." Damit hatte der Priester wohl eher seine Gefolgschaft, denn Frederik gemeint. Dennoch sah er Frederik dabei an.

Sie traten ein. Der Blick des Priesters schweifte durch den Raum. Als er das Fenster sah, befahl er einer der drei Frauen in schwarz: „Öffne das Fenster, damit die Seele entweichen kann."

Frederik hastete aufgebracht dazwischen. „Nein! Das Fenster darf nicht wieder geöffnet werden. Erst dadurch konnte der Geist herein."

„Der Geist?" Der Priester sah Frederik fragend an. Die Gefolgschaft tat es ihm gleich.

Frederik ermahnte sich zur Vorsicht. Er konnte selber nicht verstehen, was er da gesehen hatte. Es würde ihm niemand glauben. Es klang verrückt.

Er schwieg.

Das Geschrei des Neugeborenen setzte dem Schweigen ein Ende. Frederik dankte seinem Sohn insgeheim für die Ablenkung.

Der Priester winkte die Frau herbei, die soeben das Fenster geöffnet hatte. „Gib dem Mann etwas zu trinken und bleib an seiner Seite". Damit wendete er sich der Toten zu und betrachtete einen nassen roten Fleck auf dem Laken, der sich dort befand, wo der Bauch das Laken berührte. „Lory hat am Brunnen eine Wunde erlitten?", wollte er von Frederik wissen. Er sah ihn dabei über die Schulter hinweg an.

Außerstande, die Umstände näher zu erläutern, antwortete Frederik mit einem Nicken.

Mit einem verständnisvollen Blick sah der Priester Frederik kurz an und drehte sich wieder zum Bett.

Er vergewisserte sich, dass die Augen und der Mund geschlossen waren. „Die Seele darf nicht mehr durch den offenen Mund zurückkehren."

Dann begann er mit einigen schwungvollen Handbewegungen ein Gebet.

Anschließend ging er hinaus und kam, zusammen mit dem Jungen und der Holzkiste, wieder herein. „Möchtest du mit mir deine Frau aus dem Bett heben?"

Frederiks Beine zitterten, als er sich erhob und mit schweren Schritten dem Bett entgegentrat.

Er reichte seinen Sohn an eine der drei schwarzen Gestalten, um mit seinen Händen die Frau zu tragen, mit der er einen Pakt für ein gemeinsames Leben geschlossen hatte.

Mit einem dumpfen Geräusch, kam der tote Körper in der Holzkiste zu liegen.

Unsagbar schwer fiel es Frederik, seine Hände von ihr zu lösen und den Dingen ihren Lauf zu lassen.

Stanley Birch beobachtete den Mann, der seine tote Frau in die Kiste legte. Welch teuflische Qualen mussten diesem Mann gerade widerfahren.

Als Deaclan Smyth gestern in die Hütte seines Vaters kam, um ihm den Auftrag zu geben, hatte Stanley zugehört.

Der Dorfsprecher hatte erzählt, was er von den beiden wusste. Auch, dass die Frau am Brunnen hing und niemand sagen konnte, wie sie eigentlich dort hingekommen war. „Eine Schwangere würde sich doch nicht erhängen?", meinte der Dorfsprecher. Und der Vater des Ungeborenen machte ihm nicht den Eindruck, dass er ein solch grausamer Mann sei und ihre gemeinsame Zukunft mit einem Brunnenseil beenden wollte. Zudem hatte der Mann, den der Dorfsprecher mit Frederik Trumbull benannte, beim Auffinden seiner Frau die Besinnung verloren und war auf Devon Wily losgestürmt. Dabei hatte Mister Trumbull Devon ordentlich eine verpasst, dass es Devon den Boden unter den Füßen weggezogen hatte.

Das war der Moment, an dem Stanley anfing, Mister Trumbull zu mögen. Devon Wily hatte solch eine Tracht Prügel schon lange verdient gehabt. Er war einfach ein mieser linker Hund, der gerne andere in den Dreck warf. Auch Diebstahl war für Devon ein willkommener Zeitvertreib, wie Stanley einmal beobachten konnte. Dass Devon nun selber einmal

Dreck gefressen hatte, fand er prächtig. Man musste diesen Mister Trumbull einfach mögen.

Stanley merkte, dass er lächelte. Erschrocken versteinerte er seine Miene wieder. Dies war keineswegs der richtige Moment, um mit einem Lächeln dazustehen. Er bückte sich und nahm die Kopfseite der Kiste in seine Hände. Als sein Vater ihm das Zeichen gab, hoben sie die Kiste an und trugen sie langsam aus der Hütte.

Frederik Trumbull ging neben ihnen her, als sie den Karren bergauf zogen. Normalerweise gingen die Angehörigen hinter dem Karren, gefolgt von den Klagefrauen. Erst dann kamen all die Menschen, die dem Verstorbenen auf seinem letzten irdischen Weg zur Seite stehen wollten. Diesmal bestanden die Menschen im Kern aus Wegbegleitern, dessen Pflicht es war, der Beerdigung beizuwohnen. Stanley erkannte Deaclan Smyth und Bradley Stokes mit seiner Frau Sophie. Obwohl es den Jungen wunderte, dass Misses Stokes den Tross begleitete, freute es ihn für die Tote, dass ein Mensch dabei war, der nicht wegen seiner Pflicht an der Beerdigung teilzunehmen schien.

ACHT

Der Schnee hatte an Stärke zugelegt. Das Loch im Boden war kaum von der Umgebung zu unterscheiden. Der Schnee hatte aus der Landschaft ein weißes Bild ohne Konturen und Vertiefungen geschaffen.

Bradley Stokes hatte knurrend seiner Frau zu verstehen gegeben, dass er, hätte er nicht mit Deaclan Smyth zu reden, keinen Schritt vor die Tür gesetzt hätte. Der Toten würden die eiskalten Füße wahrlich nichts mehr ausmachen. Aber er würde vermutlich noch am späten Abend mit deren Erwärmung beschäftigt sein.

Jetzt stand er in dieser Kälte und schwor insgeheim, sollte er eines Tages der Dorfsprecher von Middlewood sein, würde er in den kalten Monaten die Verbrennung der Toten anordnen.

Ungeduldig wippte Stokes auf seinen Füßen vor und zurück. Er überlegte, wann er endlich mit Deaclan sprechen konnte. Noch immer war die Kiste nicht im Loch verschwunden. Er stellte sich auf die Zehenspitzen, um der Kiste hinterhersehen zu können. Er musste zugeben, dass er den Tod der Frau bedauerte. Sah sie doch recht hübsch aus. Er fragte sich, ob der Priester je in Versuchung gekommen ist, eine solche Leiche zu begrapschen. Solange sie aussahen, als würden sie schlafen, konnte man es ihm nicht übel nehmen. Gewiss gab es mehrere Gelegenheiten, in denen der Priester mit den Toten alleine war.

Verstohlen sah er über seine Schulter zu seiner Frau. Seine Füße, aber vor allem seine Finger würde er später an ihr wärmen.

Das Gemurmel des Priesters, das Schluchzen von Trumbull und das schreiende Kind. All das machte Stokes wahnsinnig. Wie lange würde er hier noch stehen müssen? Wenigstens schien die Kiste in diesem Moment unten angekommen zu sein. Ein endgültiges Geräusch war zu hören.

Machs gut, meine Hübsche. Vielleicht ist es besser, dass du tot bist. Ich hätte vermutlich ständig das Problem gehabt, mir nicht vorzustellen, wie wir zwei es so richtig treiben. Stokes wies seine Gedanken an, sich zu verteilen und nutzte die Gelegenheit, um näher an den Dorfsprecher heranzurücken. „Welch traurige Geschichte. Das junge Glück konnte nicht richtig in die Gänge kommen."

In dem Moment, als er sah, wie Deaclan Smyth ihn fragwürdig ansah, wünschte sich Stokes, eine andere Wortwahl getroffen zu haben. Er bemühte sich, leise weiterzusprechen. „Jedenfalls können wir nicht dulden, dass Mister Trumbull weiterhin in unserem Dorf verweilt."

„Was redest du da für einen Blödsinn, Bradley?" Smyth wirkte verärgert.

Unbeirrt erwiderte Stokes: „Ich meine, dass zu viele von uns mitbekommen haben, wie Mister Trumbull dem armen Devon Wily eine verpasst hat."

Deaclan Smyth lehnte sich zu dem kleinen Mann herab und sah ihn streng an. „Devon Wily wird damit klar kommen müssen. Bei jedem anderen hätte ich Mitleid", der Dorfsprecher machte ein Atempause und stellte sicher, dass keiner der Herumstehenden bemerkte, dass er nicht der Beerdigung folgte. „Und jetzt lass mich hier meines Amtes walten."

Bradley Stokes ließ sich nicht beeindrucken und fuhr fort: „Ich habe mich bereits erkundigt. Jeder ist der Meinung, dass du durchgreifen musst. So einen Irren können wir nicht dulden in Middlewood. Kein Mensch weiß, ob er seine Frau nicht selber erhängt hat. Wenn du das anders siehst, steht dein Amt auf dem Spiel." Mit diesen Worten ging Stokes wieder zu der niedergetrampelten Stelle, an der er sich zuvor aufgehalten hatte. Er wollte nicht weiter mit dem Dorfsprecher streiten. Das Gesagte sollte reichen, um an dessen Gewissen zu rütteln. Sobald sein Amt infrage gestellt wurde, tat Deaclan alles, um die Leute wieder hinter sich zu bringen.

Das Schluchzen wurde lauter und auch das Gemurmel des Priesters drang wieder an seine Ohren. Dennoch war Bradley Stokes zufrieden und freute sich darauf, nach der Beerdigung seine Frau zu besteigen.

Frederik konnte vor Kummer nicht richtig atmen. Seine Lungen hämmerten, weil sie nur schubweise Sauerstoff erhielten. Da lag seine Lory. Schnee bedeckte bereits ihren Sarg. Aber schon bald würde gefrorene Erde hinzukommen und einen weiteren Schnitt in Frederiks Seele ritzen. Nur noch in Erinnerungen würde er ihr Gesicht hervorrufen können. Er betete dafür, dass er diese Erinnerungen nie vergessen würde.

Als der Junge an der Seite des Priesters die erste Schaufel in das Loch rieseln ließ, brach es aus Frederik heraus. Zusammen mit seinem Sohn schrie er seine Trauer in die Welt hinaus.

Im Laufe der nächsten sieben Schaufeln kamen die schwarz gekleideten Frauen und bekundeten Frederik ihr Beileid. Als nächstes trat ihm Sophie Stokes mit traurigen Augen entgegen und umarmte Frederik, ohne ein Wort herauszubringen. Bradley Stokes stand als nächster in der Reihe. Nüchtern gab er Frederik die Hand, als hätten sie eine Wette vereinbart. Ein Nicken sollte vermutlich sein Beileid ausdrücken. Als er sich zum Gehen wendete, sah er dem Dorfsprecher kurz in die Augen.

Deaclan Smyth war an der Reihe. „Mister Trumbull. Es fällt mir unsagbar schwer, Ihnen mein Beileid auszudrücken. Die Hoffnung, die sie schürten, als sie Middlewood betraten, ist auf solch grausame Weise zunichte gemacht worden."

Frederik hörte dem Dorfsprecher zu.

„Bitte verstehen Sie mich nicht falsch bei dem, was ich als nächstes sagen werde. Ich kann mit Ihnen fühlen, dass Sie nicht mehr Herr ihrer Sinne waren, als Sie ihre Frau fanden."

Frederiks Tränen hatten aufgehört zu fließen und er sah dem Dorfsprecher tief in die Augen. In Erwartung, was dieser gleich sagen würde.

„Ich muss Sie bitten, das Dorf schon sehr bald zu verlassen." Der Kopf des Dorfsprechers sank nach unten. Als er ihn wieder erhoben hatte, sprach er weiter: „Ihren Angriff auf Devon Wily kann ich nicht dulden. Sie müssen verstehen..."

„Hören Sie mir zu, Dorfsprecher."

Die Anrede klang angriffslustig. Und das sollte sie auch. Frederik hatte bis eben keinen klaren Gedanken fassen können. Jetzt fühlte er sich ungerecht behandelt. Mehr noch. Er wurde angeprangert. Als wäre er ein wildes Tier, das in ein Dorf voller Fabelwesen gestürmt war und seinem Blutrausch freie Bahn gelassen hätte. Aber er war nicht das wilde Tier, für das er gehalten wurde.

„Meine Frau ist ermordet worden. Sie als gerechter Mann sollten alles dafür tun, um dieser abscheulichen Tat Bestrafung folgen zu lassen. An dem Mörder meiner Frau! Und ich werde meine Frau hier nicht alleine lassen."

Der Priester wurde auf die Unterhaltung aufmerksam, kam hinzu und durchbrach das verhärtete Gespräch. „Lassen Sie uns beten. Beten wir für Lory. Und beten wir für alle anderen Seelen, die der Herr bereits zu sich genommen hat."

Fredrik wandte sich vom Dorfsprecher ab und kniete sich vor das Grab seiner Frau. Er hörte dem Gebet zu, ohne mitzusprechen.

Die Augen hielt er geöffnet.

Sein Blick ruhte auf der Grabstätte.

Erinnerungen gingen ihm durch den Kopf.

Er sah sich und Lory so, als würde er ein fremder Dritter sein, der sie beobachtete.

Als sie ihm gegenüberstand und mit ihrem unvergleichlichen Lächeln sagte, dass sie das Gefühl hätte, ein Kind in sich zu tragen. Wie er sie in die Arme nahm und sie sich drehten.

Die Gedanken sprangen vorwärts. Immer noch als Beobachter der Verliebten sah er zu, wie er mit ihr darüber redete, nach York aufzubrechen. Dann wieder ein Sprung und er hörte, wie Lory etwas zu seinem Ich sagte: *Das ist Mister Sanders. Der nächste Ort heißt*

Middlewood und ist ungefähr noch sieben Meilen entfernt. Wir können also bis Anbruch der Dunkelheit dort sein. Ist das nicht großartig?

Frederik bemerkte eine zarte Berührung an seiner Schulter. Das Gebet war verstummt.

Eine Frau stand hinter ihm. Die Frau, die seinem Sohn das Leben geschenkt hatte. Niemand sonst stand jetzt noch an Lorys Grab.

„Ich konnte hören, dass du das Dorf verlassen musst."

Wieder schaffte es die Stimme der Frau, ihm ein wenig Trost zu spenden.

„Ich kann dich zu einer Hütte außerhalb des Dorfes bringen. Nicht sehr weit entfernt, aber so wärst du aus der Sicht der Dorfbewohner, die dir im Moment nicht wohlgesonnen sind. Und du kannst so in der Nähe deiner geliebten Frau bleiben."

Frederik erhob sich vom nasskalten Boden. Sein Sohn war eingeschlafen. Um vor Hunger zu schreien, war das Kind mittlerweile zu schwach. Immer wieder schlief der Kleine vor Erschöpfung ein. Frederik hatte schreckliche Angst, dass sein Kind die Augen nicht mehr öffnen würde. Ohne Mutter gab es kein Überleben für ihn. Und es würde dadurch verschlimmert werden, dass er im Dorf nicht mehr willkommen war. Frederik war endgültig am Ende seiner Kräfte. Seine Glieder zitterten bei dem Versuch, den Körper mit der restlichen Kraft voranzutreiben. Er wollte gehen. Frederik wollte weg aus diesem Dorf.

„Gehen wir", sagte er zu der Frau.

Sein Hab und Gut hatte Frederik bereits aus der Hütte in den Wagen verfrachtet. Nichts wollte er zurücklassen. Während er seinen Sohn behutsam im Wagen unterbrachte, erfragte er den Namen der Frau, die seinen Sohn zur Welt gebracht hatte.

„Ich bin Alana. Wie du dir wahrscheinlich denken kannst, die Hebamme im Dorf."

„Also dann, Hebamme mit einem Kurzschwert. Ich heiße Frederik." Er gab ihr die Hand und bemerkte zum ersten Mal, dass die Stimme, die er bisher als so angenehm empfand, keineswegs zu der Erscheinung von Alana passte.

Ihre schwarzen Haare sahen wie modrige Äste aus, zwischen denen ihr Kopf eingezwängt wirkte. Die braunen Augen wirkten in ihrem Gesicht zu groß.

Sein Sohn schrie.

Zwischen den Fellen würde er zumindest nicht erfrieren. Aber den Magen seines Sohnes konnte Frederik nicht mit Fellen füllen.

„Ich möchte dir danken, Alana. Auch wenn ich nicht weiß, wie ich meinen Jungen vor dem Verhungern retten kann." Er machte eine kurze Pause und schluckte. „Ich bin dir dankbar dafür, dass ich ihn kennenlernen durfte."

Alana trat einen Schritt auf Frederik zu und berührte ihn am Arm.

Welch Wärme von ihr ausging.

„Darf ich zu deinem Sohn in den Wagen steigen?"

Frederik hatte nichts dagegen, dass sein Sohn zusätzliche Wärme erhielt.

„Ja. Natürlich."

Alana kletterte in den Wagen.

Frederik stellte sich vor die Öffnung der Plane und beobachtete, wie sich Alana ganz dicht an das schreiende Bündel legte.

Dann geschah etwas, dass Frederik die Schamesröte ins Gesicht steigen ließ und er zugleich als wundervoll empfand.

Alana hatte das Kind auf die Seite gedreht und hielt seinen Hinterkopf gestützt. Dann legte sie mit der anderen Hand eine Öffnung in ihrer Cotte frei und zerrte eine Brust hindurch.

Frederik schaute zu Boden. Doch seine Neugier zwang ihn wieder hinzusehen.

Alana fuchtelte mit dem Kopf in der einen Hand und der Brust in der anderen Hand herum, wobei sie versuchte, beides zusammenzuführen. Nach wenigen Augenblicken waren der Kopf des Kindes und die Brust der Hebamme unzertrennlich.

Frederik konnte das gierige Schlucken hören, als wäre seinem Sohn gewahr geworden, ließe er jetzt los, würde er für immer Hunger leiden müssen.

Er trank!

„Autsch!" Alana sagte das mit einem Lachen. „Du Teufel. So ist es gut."

Auch Frederik lachte. In diesem Augenblick verspürte er eine Erleichterung, die er in seinem Leben nicht mehr erwartet hatte.

„Du hast selber ein Kind?", fragte er.

Sie lächelte ihn an. „Weil ich ihn stillen kann, meinst du?"

Er nickte.

„Ich helfe den neuen Müttern und spende meine Milch, wenn ihre Kräfte nachlassen. Sozusagen bin ich also eine Amme. Und gibt es keine Kinder zu stillen, halten die Zicklein meinen Milchfluss in Gang."

Jetzt musste Frederik seinen Blick von ihr nehmen. Zu unangenehm war ihm ihre Schilderung.

Belustigt schlug Alana vor, dass es an der Zeit wäre, ein Pferd zu besorgen und den Wagen in Bewegung zu setzen.

Der Rappe hatte sich gut erholt und zog den Wagen erneut ohne Probleme vorwärts. Sie hatten das Dorf über einen schmalen Weg hinter sich gelassen. Sein Sohn war eingeschlafen und wie Frederik annahm, zum ersten Mal in seinem kurzen Leben, nicht aus Erschöpfung. Vielmehr war er sicher zufrieden darüber, den elenden Hunger gestillt zu haben.

Eine Zeit lang konnte Frederik noch den Hügel mit den Gräbern erkennen. Auch wenn Alana ihm versichert hatte, dass er und seine Frau nicht weit voneinander getrennt sein würden, tat es ihm weh, sie dort zurückzulassen.

„Wie heißt er?", Alana saß neben Frederik und wollte ihn anscheinend von seinen Gedanken erlösen.

„Wer?"

„Dein Sohn. Welchen Namen trägt er?"

„Er hat noch keinen. Lory hat immer von einem Mädchen geredet. Deswegen haben wir uns nie Gedanken um einen Jungennamen gemacht."

„Zu gegebener Zeit, wird dir der richtige Name einfallen."

Sie verließen das offene Gelände und verschwanden in einem Waldstück.

Die Nadelbäume standen, wie eine mächtige Armee von Riesen, dicht beieinander. Die Schneeschichten hatten die Äste gebogen und einige stolze Kronen zerbrochen.

Frederik zog seinen Kopf und seine Schultern zusammen, weil er das Gefühl hatte, sich ducken zu müssen. Es war noch nicht spät am Abend, aber durch die Dichte der Bäume fiel beinahe kein Licht mehr. Auch der Schnee kam kaum an den hölzernen Wächtern vorbei, weswegen der Weg hier immer noch gut zu erkennen war und nicht in einer weißen Decke verschwand. Je weiter sie in den Wald eindrangen, desto mehr ließ auch der Wind nach.

Alana hob ihre Hand. „Langsamer, Frederik. Gleich kommen wir an eine Abzweigung, die nicht leicht zu erkennen ist."

Fast erschrocken zog er an den Zügeln. „Wie kommt es, dass du in einem Wald wohnst?"

„Ich wohne nicht im Wald", sagte Alana. „Meine Hütte ist im Dorf."

Mit fragendem Blick sah Frederik sie an.

„Ich sagte, ich kann dich zu einer Hütte im Wald bringen und das tue ich gerade."

„Und woher weißt du von der Hütte?", fragte Frederik.

„Dort lebt eine alte Frau, der ich sehr verbunden bin. Sie war früher selber einmal Hebamme und hat mir alles beigebracht, was ich jetzt weiß."

Frederik gefiel der Gedanke, dass sein Sohn in guter Obhut sein würde.

„Da geht es weiter", sagte Alana und stach ihm fast mit dem ausgestreckten Finger in sein Auge.

Frederik drehte den Kopf, konnte aber keine Abzweigung erkennen.

„Halte an", sagte Alana. Sie kletterte vom Wagen und ging an den Wegesrand. Dann bückte sie sich und ergriff einen liegenden Baumstamm, an dem noch das Geäst samt Nadelwerk hing. „Worauf wartest du?

Willst du eine Frau den ganzen Baum alleine schleppen lassen?"

Frederik sprang vom Wagen und half ihr. Sie zogen den Stamm beiseite und legten einen weiteren Weg frei.

Frederik kam die Sache merkwürdig vor. „Was ist so besonders an diesem Weg, dass er mit einer Tanne verborgen bleiben soll?"

„Aethel möchte nicht, dass irgendwer zufällig vor ihrer Hütte steht."

„Weiß sie denn, dass wir kommen?"

„Sie wird mir diesen Gefallen tun", sagte Alana. Sie stand mit den Händen in den Hüften da und besah sich die freigewordene Lücke. „Gut gemacht, Frederik. Da sollten wir mit deinem Wagen durchpassen."

„Bist du sicher, dass wir willkommen sind?"

„Von den Dorfbewohnern will sie nichts mehr wissen. Aber du bist ein Reisender und das Neugeborene wird ihre alten Instinkte wecken. Ich bin mir sicher, dass sie sich gerne um deinen Sohn kümmern wird."

Das hoffte Frederik. Denn er wollte nicht, dass dieser Waldausflug seine Zeit vergeudete. Er hatte auch nicht wirklich vor, Alana diesen Gefallen auszuschlagen. Zudem fühlte er sich wohl in ihrer Nähe.

Seine Gefühle hatten eine unsagbar große Schlucht zu überwinden und Alana schien so etwas wie eine kleine Brücke zu sein.

Er führte das Pferd am Zügel auf dem gerade freigelegten Pfad. Dann zogen sie zusammen den Baum in seine ursprüngliche Lage zurück. Es kam ihm fast so vor, als würden sie ein Tor hinter sich schließen.

Er half Alana auf den Wagen und schwang sich neben sie. Mit einem Ruck setzten sie ihre Fahrt fort.

Frederik schaute Alana an. Er dachte daran, wie sie das Kind aus dem Mutterleib geholt hatte.

Dann glitten seine Gedanken ab. Zurück zu diesem abscheulichen Wesen, wie es in der Hütte aufgetaucht war. Er versuchte das Bild aus seinem Kopf zu schütteln.

„Was ist los mit dir?", fragte Alana.

„Ist dir im Dorf jemals etwas widerfahren, was für dich unmöglich erschien?"

Alana drehte die Augen etwas nach oben, als versuchte sie sich an etwas zu erinnern. „Nun, Patrick Stenson hatte einmal eine Kuh umgeworfen. Kannst du dir das vorstellen? Allerdings waren wir da noch Kinder. Ansonsten ist es recht friedlich in Middlewood."

Frederik war sich der Aufheiterungsversuche von Alana bewusst, aber sein Befinden erhellte sich dadurch nicht. „Das ist nicht ganz, was ich meinte. Ich habe etwas gesehen. In der Hütte. Eine Frau mit langen schwarzen Haaren. Es war ein Geist, Alana."

„Das hört sich unheimlich an, Frederik."

„Ich habe nie an Geister geglaubt. Schon gar nicht an welche, die einen wahnsinnigen Schrei von sich geben."

„Der Geist hat geschrien?"

„Mein Zusammenprall mit der Tür hätte ein solches Trugbild erzeugen können, aber ich habe den Geist ja vorher von draußen durch das Fenster gesehen." Er sah Alana an. Hatte sie jetzt Angst vor ihm? Sicher dachte sie, dass er verrückt sei.

„Alana?"

„Ich glaube dir", sagte sie.

„Ich weiß, dass es verrückt klingt", sagte Frederik.

„Wir sind bald da", sagte sie schließlich. „Aethel hat dem Dorf den Rücken gekehrt, weil sie von allen für verrückt gehalten wurde. Aber das ist sie nicht und wenn wir es mit einem Geist zu tun haben, wird sie dir helfen können."

Noch vor wenigen Tagen hatte sich Frederiks Leben durch den drohenden Krieg gewandelt. Er wollte dem Schrecken des Krieges entfliehen und fand sich nun in einer unwirklichen Welt wieder.

Eine Hütte tauchte zwischen den Bäumen auf.

NEUN

Drei Ziegen standen bei der alten Frau. Gierig streckten sie sich ihr entgegen, neugierig, was ihre Hand als nächstes aus dem Eimer ziehen würde. Ein madiges Stück Kohl und frisch abgeschnittene Äste eines Nadelbaumes fielen zu Boden. Dann trat die Frau aus der Umzäunung, während die Ziegen sich um das Stück Kohl drängten. Mehrere Stellen im Zaun waren verrottet und eingefallen, sodass die Ziegen jederzeit das Weite hätten suchen können. Aber als würden sie wissen, dass sie im Wald nicht lange überleben konnten, standen sie Tag für Tag hinter der einfach gezimmerten Umzäunung.

Aethel blieb mit dem Eimer in der Hand stehen und sah in den Wald. Ein schwarzes Pferd mühte sich ab, einen Wagen über den mit Löchern und Wurzeln versehenden Pfad zu ziehen. Eine Frau auf dem Wagen winkte ihr zu. Es war Alana und neben ihr saß ein Mann.

Alana war ihr stets willkommen. Jedoch beobachtete sie den sich nähernden Wagen mit Argwohn. Alana wusste, dass sie mit den Menschen aus dem Dorf nichts mehr zu tun haben wollte. Es musste also einen guten Grund dafür geben, dass sie nicht alleine kam.

Ihre Empfindsamkeit wurde sogleich von etwas anderem abgelenkt und sie ließ ihren Blick am Wagen vorbei wandern. Die alten Augen zu Schlitzen geformt.

Sie hatte sich nicht geirrt. Aethel nahm eine leichte Verzerrung in der Luft wahr. Etwas folgte dem Wagen in geringem Abstand.

Frederik sah eine alte Frau, vor einer Hütte stehen.

Alana winkte ihr zu.

Er war froh, endlich das Ziel erreicht zu haben. Zwar waren sie nicht weit vom Dorf entfernt, hatten aber nur sehr langsam ihren Weg wegen dem sperrigen Waldboden zurücklegen können.

Er lenkte das Gefährt auf eine ebene Stelle. Dann kletterte er in den Wagen und nahm seinen Sohn auf den Arm. Frederik achtete darauf, dass das schützende Fell seinen Sohn warm hielt. Er schlief.

Frederik schaute sich das kleine Gesicht an. Der Mund bewegte sich, als würde sein Sohn immer noch trinken. Die Augen flackerten im geschlossenen Zustand. Ein paar Strähnen des dunklen Haares schauten unter dem Fell hervor. Frederik verspürte enormen Trost, als er seinen Sohn im Arm hielt. Er würde ihn immer an Lory erinnern.

„Ein Kind", sagte eine brüchige Stimme.

Frederik blickte auf und schaute in ein altes Gesicht.

Aethel, dachte er.

Alana kam hinzu. „Das ist Frederik Trumbull." Sie stand jetzt neben der alten Frau. „Er ist mit seiner Frau nach Middlewood gekommen, um…" Alana sah ihn fragend an. „Warum eigentlich?"

Frederik überlegte, ob er ihnen vom drohenden Krieg erzählen sollte. Im Dorf war für ihn klar gewesen, niemandem davon zu berichten. Er wollte unter keinen Umständen riskieren, seinen Verfolgern auch nur die kleinste Möglichkeit zu geben, ihm auf die Schliche zu kommen. Irgendwer hätte die Nachricht weitergetragen, dass im Dorf jemand war, der vom Krieg erzählte.

Doch hier im Wald war niemand sonst, außer den zwei Frauen, vor dem Frederik die Geschehnisse wahren musste.

„Wir sind von Söldnern vertrieben worden. Barbaren, die ihre eigenen Landsleute ermorden."

Alana hörte ihm zu. Aethels Blick ruhte auf seinem Sohn.

„England scheut nicht, einen Krieg gegen Frankreich zu führen", sagte er.

„Um Himmels Willen", sagte Alana. „Sind wir in Gefahr? Wieso weiß im Dorf niemand davon?"

„Das ist ein gutes Zeichen. Auch wenn die Küste auf einen möglichen Krieg vorbereitet wird, sind wir hier vermutlich in Sicherheit."

In diesem Moment wurde es Frederik gewahr, dass ihre Flucht ein Ende in Middlewood gefunden hatte. Merkwürdigerweise machte er sich über den drohenden Krieg keine großen Gedanken mehr. Lorys Tod hatte alles überlagert.

„Was ist Frankreich?", fragte Aethel, wobei sie weiterhin das Kind beobachtete.

Die alte Frau zerstreute seine Gedanken. Verwundert über die Frage sah er sie an.

„Ein anderes Land greift unser Land an", sagte Alana.

Beide sahen Aethel an, der die beunruhigende Nachricht anscheinend nichts auszumachen schien. Als bemerkte sie die Blicke der anderen, sah sie zunächst zu Alana und dann zu Frederik.

„Darf ich es halten?", fragte sie und streckte die Arme danach aus.

Frederik nahm in diesem Moment einen üblen Geruch wahr, der Aethel umhüllte.

Instinktiv drehte er sich zur Seite, um seinen Sohn zu schützen.

In dem Gesicht der alten Frau machte sich ein enttäuschter Gesichtsausdruck breit. Sie streckte die Arme immer noch aus und nickte Frederik zu.

Kurz schaute Frederik zu Alana, die ihn zuversichtlich anschaute, aber er versuchte der Aufforderung aus dem Weg zu gehen und sagte: „Können wir zuerst in die Hütte gehen? Es ist so kalt."

In der Hütte roch es nicht besser und Frederik musste sich beinahe übergeben. Überall an der Zimmerdecke hingen Kräuter und Zweige herunter, die es jedoch nicht schafften, den Gestank zu vertreiben.

„Großer Gott!" Als Alana in eine hintere Ecke des Zimmers eilte, erkannte Frederik die Quelle des üblen Geruchs.

Ein alter Mann lag reglos auf dem Boden. Sein Unrat hatte das Stroh unter ihm in einen stinkenden Misthaufen verwandelt.

Frederiks Augen fingen an zu tränen, weil der Gestank unerbittlich hinein biss.

„Seit wann liegt er da, Aethel?", fragte Alana.

Die alte Frau ging zu der Feuerstelle und legte Holz nach. „Konnte ihn nicht bewegen." Dabei betrachtete sie ihre dürren Finger, als wolle sie ihnen die Schuld dafür geben.

Alana kniete sich zu dem Mann und betrachtete ihn.

Nach einer Weile sagte sie: „Er lebt. Wir müssen ihn säubern."

Frederik stellte sich neben Alana und sagte leise zu ihr: „Ich werde hier nicht bleiben, Alana."

Sie schwang ihren Kopf in seine Richtung. „Aber hier seid ihr vor dem Erfrieren geschützt. Ich werde mich um ihn kümmern und Aethel beim Saubermachen helfen."

Die alte Frau steckte ihren Kopf zwischen die beiden und Frederik zuckte zurück.

„Ihr könnt hier bleiben", sagte sie und Frederik musste sich erneut abwenden, als der faule Geruch, der über ihren Atem an ihn herangetragen wurde, seine Nase erreichte.

Die alte Frau sollte seinem Kind und ihm fernbleiben. Er bereute es, hierhergekommen zu sein.

„Hier stinkt es schlimmer, als in einer toten Schweineherde!" Aufgeregt schritt er durch den Raum. „Ich kann doch unmöglich meinem Sohn so etwas antun!" Er polterte zur Tür hinaus und taumelte auf dem schneebedeckten Boden hin und her. Seinen Sohn eng an sich gedrückt.

Verzweiflung hatte von ihm Besitz ergriffen und er fing an zu weinen. Verzweiflung darüber, dass seine Frau nicht mehr bei ihnen war. Nie mehr würde sie ihm sagen, ob er etwas richtig oder falsch entschied. Er fühlte sich hilflos und alleingelassen. Was sollte er bloß tun? Er konnte nicht mehr weiterreisen. Was hatte er sich dabei gedacht? Der Winter schlug mit aller Kraft zu und er hatte sich eingebildet, der Kälte trotzen zu können.

„Verflucht!", schrie er die Ziegen an, die ihn ansahen und ihre Kiefer dabei weiter mahlen ließen.

Alana und die stinkende alte Frau trugen keine Schuld an seinem Unglück. Sie waren sogar bereit, ihm zu helfen, doch er wollte sie einfach nur anschreien. Er wusste, dass seine Wut ihn dazu getrieben hatte, aber seine Worte konnte er nun nicht mehr zurücknehmen.

Er sah dem grauen Himmel entgegen, der sich hinter dem fallenden Schnee versteckte. „Was soll ich nur tun, Lory?"

„Frederik?" Alana war aus der Hütte gekommen. „Du musst dich dringend ausruhen. Ich weiß, dass du verzweifelt bist, aber wir helfen dir." Jetzt stellte sie sich vor ihn und sah ihn ernst an. „Und das Wichtigste ist nun, dass dein Sohn warm bleibt." Sie hielt ihm ein Stück Leinentuch hin. „Hier. Binde dir das vor deine Nase und gehe mit mir zurück in die Hütte."

„Es tut mir leid, Alana und ich danke dir für deine Hilfe." Gierig sog er die klare Winterluft in seine Nase, gab Alana seinen Sohn und band sich das Tuch vor die Nase. „Lass es uns versuchen", sagte Frederik und dann gingen sie gemeinsam zurück zur Hütte.

Aethel saß auf dem Boden. Sie hatte eine Hand auf die Stirn ihres Mannes gelegt, wobei sie vor sich hin murmelte. Als Frederik und Alana die Mitte des Raumes erreicht hatten, erhob sie sich. Dabei gab sie ein schnatterndes Lachen von sich. Frederik fragte sich, was so komisch sein konnte.

Augenblicklich hörte Aethel auf zu lachen und streckte erneut ihre Arme aus. Alana ging auf sie zu und wollte ihr das Kind überreichen, doch Frederik trat dazwischen und hob eine Hand. „Warte!"

Er sah die alte Frau lange an, ohne weitere Worte zu sprechen. Ihre abstoßende Erscheinung ließ ihn annehmen, dass sie schlecht für seinen Sohn sei. Aber Alana vertraute ihr. Und Frederik hatte Vertrauen zu Alana gefunden. Zudem wollte er mehr über die Ursache des Todes seiner Frau herausfinden.

„Er ist mein Sohn…", begann er zu sprechen. Aber nur in Gedanken sprach er den Satz zu Ende. Ich werde nicht zulassen, dass ihm etwas geschieht.

Er ließ seine Hand sinken und Alana gab seinen Sohn an Aethel.

Die Augen der alten Frau nahmen einen starren, fast ungläubigen Blick an, als sie ihn in ihren Händen hielt. Leise sagte sie etwas und Frederik versuchte die Worte zu verstehen.

„Was sagst du?", fragte er.

Aethels Stimme wurde etwas lauter, aber Frederik verstand immer noch nicht, was sie sagte.

„Alana, was sagt sie?"

„Das ist nicht unsere Sprache", sagte Alana, „aber ich habe sie schon einmal so reden gehört."

„Was soll der Unsinn?" Frederik merkte Unruhe in sich aufsteigen. Und gerade, als er seinen Sohn wieder an sich nehmen wollte, sprach Aethel so laut, wie Frederik es dieser Frau niemals zugetraut hätte.

„Seine Mutter ist tot!"

Aethels Kopf schnellte zur Seite und blickte an Frederik und Alana vorbei. Frederik erkannte, dass sie in eine Ecke des Raumes starrte.

„Und sie weint", fuhr Aethel fort.

„Was soll das?" Hastig nahm Frederik sein Kind aus ihren Armen.

Die alte Frau ergriff Frederiks Arm. „Was ist passiert?", fragte sie.

Frederik war verwirrt. Und erschöpft. Leise brachte er diese schrecklichen Worte heraus. „Meine Frau ist tot."

„Er hat sie vor zwei Tagen am Brunnen gefunden." Alana schaute ihn traurig an. „Am Strick. Sofort habe ich gesehen, dass sie ein Kind trug und habe es herausgeschnitten." In einer kurzen Pause ging sie näher an das wärmende Feuer heran, aus dem man, in diesem Moment der Stille, das Knistern hören konnte. „Es lebte nicht mehr, aber ich habe ihm in die Nase gepustet."

Frederik saß jetzt in einer Ecke auf dem Boden und hatte die Augen fest zusammengekniffen.

Alana erzählte weiter: „Ich konnte ihm etwas Milch geben. Der kleine Krieger scheint sehr tapfer zu sein."

„Sie ist hier", sagte Aethel.

„Was meinst du damit?", fragte Alana.

Auch Frederik hob seinen Kopf. Er schaute zu der alten Frau.

„Hab gemerkt, dass ihr nicht allein gekommen seid."

Der Junge gab brabbelnde Geräusche von sich. Sein Kopf wurde durch die Hand seines Vaters gestützt.

Frederik hatte das Gefühl, dass die Augen seines Sohnes zu einer bestimmten Stelle im Raum schauten.

Aethel schritt langsam zu ihnen herüber und als sie vor Frederik und dem Jungen stand, sagte sie: „Mit ihm kann ich sie sehen."

„Du meinst, meine Frau ist hier? Lory ist hier im Raum?" Frederik blickte sich um.

Aethel kniete sich neben Frederik und legte eine Hand an das Kind. Dann schaute sie langsam durch den Raum. Der Kopf drehte sich dabei immer weiter über ihre Schulter.

Sie verweilte für einen Moment, bis sie schließlich den anderen Arm sachte anhob und in den Raum zeigte.

Frederik erhob sich langsam. „Lory?" Er ging zu der gezeigten Stelle und untersuchte sie. Hielt Ausschau nach irgendeinem Anzeichen. Irgendetwas, was ihm sagen sollte, dass sie tatsächlich hier war.

Oder wollte die verrückte alte Frau ihn mit ihrem Schauspiel trösten? Wenn Lory wirklich hier war, wieso sah er sie dann nicht?

Energisch trat er Aethel gegenüber. „Ich kann sie nicht sehen!" Er fing an, sich hektisch zu bewegen, ging erneut zu der Stelle und sah sich um. Seine Hand bewegte sich in der Luft, als wollte er nach etwas greifen. Ihm kam es fast lächerlich vor. All das Gerede von ihrem Geist, der hier umherschwirren sollte. Schon immer hatte er sich dem weit verbreiteten Glauben an Geister verweigert. Trottel, hatte er sie genannt, wenn sie damit ein Gespräch an sich reißen wollten.

Nun wusste er es nicht. Durch seine Verzweiflung war er bereit, sich auf das Gerede der Alten einzulassen. Sein Verstand wollte bodenständig bleiben. Aber was, wenn er seiner Frau jetzt gerade Unrecht tat. Wenn sie wirklich in diesem Raum verweilte?

„Erzähl mir, was passiert ist", sagte Aethel.

Frederik atmete tief durch. Er versuchte, seine Aufregung zu mindern.

„Vielleicht kann Aethel dir helfen", sagte Alana.

Konnte die alte Frau wirklich Geister sehen? Dann konnte sie ihm vielleicht erklären, was er gesehen hatte.

Er fing an zu erzählen.

Von dem schrillen Schrei, den er gehört hatte und wie er vor seiner Frau die grausige Erscheinung gesehen hatte. Welche Angst ihn ergriffen hatte, als Lory völlig abwesend war und wie er sie am Brunnen fand.

Aethel atmete hörbar ein. „Rachegeist."

Alana trat hervor und wollte mit brüchiger Stimme wissen: „Was meinst du damit, Aethel?"

Die alte Frau sah sie mit durchdringenden Augen an. „Die Geister haben ihren Weg zu den Lebenden gefunden."

„Wovon redest du da?", fragte Frederik.

Aethel ließ sich bei ihrem Mann nieder. Frederik hatte während der ganzen Zeit nicht einmal eine Regung bei ihm ausmachen können.

„Die Geister unserer Toten sind nicht so weit weg. Manche näher als wir glauben. Sie stecken im Nichts."

„Du redest von Lory?", unterbrach er Aethel.

Sie nickte. „Sie ist gefangen, weil sie sein Opfer geworden ist. Solange, bis er besänftigt ist."

Frederik fuhr es kalt in seine Glieder, als er versuchte zu begreifen, dass Lory nun ein Opfergeist war. Ein Rachegeist? Ein Geist hatte sie in den Tod getrieben?

„Besänftigt? Sag mir lieber, wie ich ihn vernichten kann!"

Aethel antwortete nicht, sondern schaute ihn nur an.

Alana näherte sich ihm. Sie legte einen Arm um seine Schulter.

Dann sah sie zu Aethel. „Befinden wir uns in den Unternächten?"

Wieder nickte Aethel. „Aus den Unternächten schöpfen Geister die Kraft, in unsere Welt einzudringen."

„Woher weißt du so viel darüber?", fragte Frederik.

„Meine Wurzeln reichen zu weit zurück, als dass ich den Grund dafür kenne. Aber schon so lange ich mich erinnern kann, spüre ich Geister und es gibt eine Überlieferung." Ihr Blick blieb auf dem Jungen liegen.

Frederik gefiel das nicht. „Was ist mit meinem Sohn?"

Aethel erhob sich. Auf dem Weg zum Kamin nahm sie etwas aus einem Regal und bückte sich vor den Kamin.

Funken schlängelten in der Luft.

„Er hatte bereits Kontakt mit der Geisterwelt. Als er in Lorys Körper starb. Er ist eine Verbindung eingegangen."

„Oh, mein Gott", sagte Frederik.

„Das kann uns helfen."

Ein Geruch, der Frederik an verbrannte Haare denken ließ, erfüllte den Raum.

„Erdrauch", sagte Aethel. „Für den Kontakt mit den Toten." Sie griff an die Mauer des Kamins und zog sich daran hoch. Aethel sah Alana an und zeigte gleichzeitig an die Decke. „Kalmus", sagte die alte Frau.

Frederik vermutete, dass Aethel damit eine der vielen Pflanzen meinte, die überall im Raum verteilt von der Decke hingen.

Alana klärte ihn auf. „Damit verstärkt Aethel ihre geistige Wahrnehmung."

Dann sah Frederik zu, wie Alana sich auf Zehenspitzen stellte und ein paar Blätter eines getrockneten Exemplars abrupfte. Als Hebamme scheint sie zu wissen, was dieses Kalmus ist, dachte Frederik.

Alana gab die Blätter an Aethel.

„Die Alantwurzel noch", sagte Aethel, als sie Alana die Blätter aus der Hand nahm.

Frederik bemerkte das kurze Zögern in Alanas Bewegung.

„Was macht ihr?", fragte er.

„Alant wirkt gegen böse Geister", sagte Alana.

„Ich will mit dem Rachegeist Kontakt aufnehmen. Aber er soll nicht Besitz von mir ergreifen." Aethel kam auf ihn zu, betrachtete jedoch nur seinen Sohn. Mit ruhiger Stimme sagte sie: „Seine Nähe bringt mich tiefer heran, um meine Fragen zu entsenden. Ohne ihn wird die Antwort unklar sein."

„Fragen?" Frederik ahnte, was hier vor sich ging. „Du willst Lory eine Frage stellen?" Plötzlich wirkte das ganze Gerede unwirklich auf Frederik und er schloss seinen Sohn noch fester in seine Arme.

„Nicht Lory", Aethel trat zurück an das Feuer. „Dem Rachegeist." Mit diesen Worten warf sie den Alant ins Feuer.

Frederik bemerkte eine Veränderung an Aethels Körper. Versteift drehte sich die alte Frau herum. Dann fing sie an, sich ruckartig zu bewegen. Für Frederik sah es aus, als würde Aethel einen schwerfälligen Tanz aufführen. Rauch quoll aus der Feuerstelle und kroch über den Fußboden.

Leises Flüstern drang an Frederiks Ohren.

Wieder verstand er die Worte nicht, die Aethel sprach.

Hilfesuchend fixierte er Alanas Blick.

Sie hob ihre Arme und zeigte ihm ihre Handflächen.

Eine Geste der Beruhigung.

Aber Frederik empfand nicht den Hauch von Ruhe. Als er sich hinstellte, bemerkte er, wie sich der Rauch um seine Füße schlängelte.

Und nicht nur das.

Der Nebel kletterte an seinen Beinen empor. Frederik trat einen Schritt zurück, aber der Nebel blieb an seinen Beinen hängen und stieg höher.

Als er wieder aufsah, stand ihm Aethel gegenüber und hatte ihre Arme in die Luft erhoben. Ihre Augen waren so weit nach oben gedreht, als wollte sie in ihren eigenen Kopf sehen. Ihr Flüstern war zu einem lauten Gesang angestiegen.

Überall im Nebel flackerten Lichter.

Erschrocken über die Erkenntnis, dass der Nebel seinen Sohn suchte, rannte Frederik los.

Mit der Schulter rammte er gegen die Tür und sie sprang auf.

Hinter sich hörte er ein Poltern.

„Aethel!" Die Stimme von Alana.

Weit entfernt von der Hütte blieb er stehen und holte Luft. Er besah sich seinen Sohn, ob er vielleicht verletzt war. Erstaunlicherweise wirkte er völlig ruhig. Auch Frederik bemerkte eine Veränderung. Wahrscheinlich war es der Rauch, der ihre Sinne benebelte. Dann sah er etwas, dass ihn erschaudern ließ.

Noch immer hing der Nebel an seinem Körper.

Rauchschwaden trübten ihren Blick. Aethel spürte keinen Boden unter ihren Füßen, was sie glauben ließ, sie würde vielleicht fallen. Aber der Eindruck verschwand, als sie die Umgebung besah.

Überall war dieser bedrückende Nebel. An wenigen Stellen traten Verwirbelungen auf, bei denen die entstehenden Lücken ein schwarzes Nichts dahinter freigaben. Schemenhafte Umrisse bewegten sich in den Rauchschwaden. Umrisse von Menschen, wie Aethel feststellte.

Ihre Augen wurden groß, als sie begriff.

„Ich sehe euch." Nur sehr langsam schaffte es Aethel, sich auf der Stelle zu drehen. Als würde der Nebel sie unter Kontrolle halten und keine schnellen Bewegungen dulden.

„Eure Gegenwart ist mir bewusst."

Nichts veränderte sich.

„Ich suche den Geist der Rache."

Aethel drehte sich weiter.

„Was ist dir widerfahren?"

Die Wirbel im Nebel zeigten eine Veränderung. Aethel sah zu, wie er an einer Stelle weiter aufriss und die Schwärze dahinter seine Ränder aufzufressen schien. Wind kam hinzu und streifte Aethels Gesicht.

Wohltuend schloss sie ihre Augen. Für einen Moment entging sie so der Enge des Nebels.

Als sie ihre Augen wieder öffnete, sah sie sich einer Fratze gegenüber, deren graue Augen sie tief zu durchdringen schienen.

Eine eiskalte Starre durchzog Aethels Körper und hielt sie an Ort und Stelle. Der Wind hatte sich zu einem Orkan gewandelt und schwarze Haare peitschen ihr entgegen.

In ihrem Kopf zuckte es, während sich ihr verstörende Handlungen darboten.

Plötzlich lag eine junge Frau unter Aethel.

Die Augen weit aufgerissenen. Pochende Adern durchzogen ihr Gesicht. Es schien, als versuchte sie etwas zu sagen. Doch nur ein heiseres Geräusch verließ ihre Lippen.

Schockiert wollte Aethel von der Frau absteigen, aber ihre Hände umschlangen fest den dünnen Hals. Die Farbe des Gesichts verfärbte sich dunkel.

Aethel schrie und versuchte verzweifelt ihre Hände zu lösen.

Dann schlossen sich langsam die gequälten Augen der Frau.

„Nein!"

Aethels Arme flogen nach hinten und sie wurde auf ihre Füße gerissen.

Im nächsten Moment lag die junge Frau in einer Mulde. Erde fiel auf ihr Gesicht. Erde, die Aethel mit einer Schippe in das Loch warf.

Alles geschah wie von einer fremden Kraft gelenkt. Aethel konnte sich nicht dagegen wehren und musste mit ansehen, wie die junge Frau langsam unter der Erde verschwand.

Der Nebel verblasste. Aethels Sicht in die Geisterwelt entglitt in eine Dunkelheit.

„Komm zurück und hilf mir!"

Frederik hörte die Worte von Alana, aber er weigerte sich, ihnen Beachtung zu schenken. Auf was hatte er sich hier eingelassen? Der Nebel hatte aufgehört, an ihm empor zu klettern. Frederik hatte sogar den Eindruck, dass er sich allmählich von ihm löste.

Sein Sohn lag ruhig in seinem Arm. Frederik bewunderte ihn dafür. Geboren, ohne von der Mutter in die Arme genommen zu werden und nun Teil solch einer Welt zu sein, konnte nicht spurlos an einem Menschen vorbei gehen.

Und noch ein anderer Gedanke kam Frederik in den Sinn. Vorhin hatte er bemerkt, wie sein Sohn in die Ecke schaute, in der Aethel Lory gesehen hatte. Konnte er womöglich seine Geistermutter sehen? Und war sie in der Lage, ihn so zu trösten? Frederik hoffte es für ihn. Er war für ihn ein Lichtblick in dieser dunklen Szenerie. In Frederik tobte das unbändige Verlangen, seinen Sohn in den Händen zu halten. So, wie er seinen Jungen vor allem Schlechten beschützen wollte, nährte ihn die Nähe seines Kindes mit Kraft und Trost.

„Frederik!"

Jetzt sah Frederik zu Alana hinüber. Sie stand in der Tür. Dabei nahm er wahr, wie sich der Nebel in die Dunkelheit verteilte und bald nicht mehr zu sehen war.

„Sie tut es für dich, Frederik. Für deinen Sohn und für deine Frau."

Alana hatte Recht. Aethel mochte noch so merkwürdig sein. Was auch immer sie in der Hütte gerade tat, sie wollte ihm helfen. Der fallende Schnee bedeckte seine Schultern. Das Kaminfeuer in der Hütte füllte die Tür mit einem Lichtschein, der um Alana zu fließen schien. Die Aussicht auf Wärme zog Frederik in das Innere der Hütte zurück.

Alana war dabei, Aethel die Stirn abzutupfen. Die alte Frau saß mit dem Rücken an die Wand gelehnt auf dem Fußboden.

Frederik trat an die beiden heran. „Sie blutet am Kopf", sagte er.

„Sie ist vorhin gestürzt und mit dem Gesicht auf den Boden aufgeschlagen. Du kannst dich nützlich machen und etwas Schnee abkochen."

Frederik bemerkte die Verärgerung in Alanas Stimme. Plötzlich hatte er Angst, Alana und Aethel zu verlieren. Angst, sie würden ihm den Rücken kehren und ihn in seiner zerstörten Welt alleine lassen.

Er drückte seinen Sohn mit einer Hand an seine Seite und schnappte sich den Eimer, der neben dem Kamin stand. Ihre Blicke trafen sich. Alana schien zutiefst verärgert. Vermutlich hatte er eine Abreibung verdient. Alana wandte ihren Blick wieder zu Aethel, ohne ein weiteres Wort zu sagen.

Er ging hinaus, um den Eimer mit Schnee zu füllen. Die Bäume standen hier nicht so dicht beieinander, sodass der Schnee bereits eine satte Kältedecke auf dem Waldboden ausgebreitet hatte. Mit etwas Schwung zog er den Eimer durch das kalte Weiß.

Wieder in der Hütte, kippte er den Schnee in den Topf über der Feuerstelle und legte noch ein Holzscheit nach.

Beruhigt sah Frederik, dass es Aethel besser zu gehen schien. „Hat sie schon etwas gesagt?"

„Ihr geht es gut", sagte Alana. Sie sah ihn erneut mit einem vorwurfsvollen Blick an.

„In Ordnung. Es tut mir leid, dass sie sich verletzt hat. Ich muss all das erst noch begreifen, aber ich will euch nicht länger dabei hindern, mir zu helfen."

„Da sind wir aber froh, dass du uns nicht mehr daran hindern willst, dir zu helfen", sagte Alana.

Frederik strich sich über den Hinterkopf. „So meinte ich das nicht."

„Ach nein?"

„Sie wurde ermordet und verscharrt", sagte Aethel plötzlich.

Frederik und Alana stoppten ihren Austausch abrupt. Sie sahen die alte Frau an.

Alana beugte sich ihr entgegen. „Du hast etwas erfahren?"

Aethel nickte. Eine Träne rollte über ihr Gesicht.

ZEHN

„Kann ich nach dem Essen rüber zu Stanley, Ma?"

Ruben war ein Junge von dreizehn Jahren. Ständig dem Drang erlegen, neue Abenteuer zu erleben.

Als sich vor zwei Tagen eine Frau am Brunnen erhängt hatte, verordneten seine Eltern jedoch sofortigen Hausarrest. Vielleicht hat sie sich nicht selber aufgeknüpft, hatte sein Vater gesagt.

Jedoch hatte sich im Dorf die Meinung verbreitet, dass es wohl der Ehemann gewesen sei. Dieser ist aber seit der Beerdigung nicht mehr im Dorf gesehen worden und so hoffte Ruben darauf, dass seine Eltern ihn endlich wieder rauslassen würden.

„Was denkst du, Earl?", fragte seine Mutter den Vater.

„Was habt ihr vor?", wurde Ruben gefragt.

„Wir bauen immer noch an unserem Unterschlupf, drüben am Bach."

Sein Vater nickte.

Ruben schaffte nur noch zwei Löffel des Weizenbreis und beeilte sich, das Fell überzuziehen. Dann rannte er los zu der Hütte, in der sein bester Freund Stanley mit dessen Vater wohnte.

Sie gingen über eine Wiese, auf der ein einziger großer Baum stand. An dessen Stamm hatten sie begonnen ihre Hütte zu bauen. Direkt dahinter schlängelte sich ein Bach entlang.

„Was glaubst du, was am Brunnen passiert ist?", wollte Ruben von seinem Freund wissen.

„Ich glaube nicht, dass er es war. Ich habe ihn gesehen, als wir die Frau abgeholt haben."

„Also hat sie sich selber dran gehangen?"

Stanley zuckte mit den Schultern. „Muss wohl. Wusstest du, dass er Devon zu Boden gehauen hat?"

Ein Grinsen machte sich auf Rubens Gesicht breit. „Wirklich?"

„Hat ihn glatt aus den Schuhen gehauen", sagte Stanley.

Dann hatten sie ihren Unterschlupf erreicht. Stanley legte eine Säge, einen Hammer und mehrere Nägel auf die Erde. „Schätze, dass wir noch zehn Stämme brauchen, um die Seite dicht zu machen."

Kurz warfen sie einen Blick in ihre Hütte und machten sich dann auf, um im Wald jenseits des Baches nach langen Stämmen zu suchen.

Stanley nahm Anlauf und sprang über das Wasser. Dann drehte er sich zu Ruben um. „Warte mal. Gib mir vorher die Säge. Die brauchen wir ja."

Ruben ging zu dem Werkzeug, nahm die Säge und lief zurück zum Bach. Vorsichtig warf er die Säge hinüber.

Dann sah er ins Wasser.

Es war noch nicht gefroren.

Aber das war nicht, was ihn stutzig machte.

„Stanley?"

„Was denn?"

„Komm schnell her", sagte Ruben.

Stanley stand ihm jetzt genau auf der anderen Seite gegenüber. „Dein Gesicht sieht voll komisch aus im Wasser", sagte Stanley.

„Das ist nicht mein Gesicht!"

Zwar verzerrte das bewegte Wasser ihre Spiegelbilder, aber es waren eindeutig nicht ihre eigenen Gesichter, die den beiden Jungen aus der Tiefe entgegen sahen.

Und es wurden immer mehr.

E L F

Obwohl Alana darauf drängte, Frederik zu begleiten, hatte er sie gebeten, bei der Hütte zu bleiben und auf seinen Sohn Obacht zu geben.

Noch einmal erklärte sie den Weg und gab ihm den Rat, sich von den Dorfbewohnern fern zu halten. Manche würden ihn für einen Frauenmörder halten.

Aber das war er nicht. Die Erkenntnis, dass seine Frau nicht durch die Hand eines Mörders gestorben war, konnte seinen Schmerz nicht lindern. Denn es gab tatsächlich einen Frauenmörder in diesem verfluchten Dorf. Jemand hatte gemordet und damit einen Rachegeist in diese Welt gelassen. Und nur deswegen musste Lory sterben!

Frederik war wütend genug, um sich den Dorfbewohnern entgegenzustellen. Sein Verstand jedoch wusste, dass er für Lory und sein Vorhaben, ihren Geist zu befreien, einem möglichen Mob aus dem Weg gehen musste.

Da es bereits in den Abend dämmerte, hoffte Frederik, nicht mehr allzu vielen Bewohnern zu begegnen und ungesehen sein Ziel erreichen zu können.

Er ging durch den Wald in Richtung des Weges, den sie am Vortag entlang gefahren waren. Als er ihn erreicht hatte, hielt er einen großzügigen Abstand dazu, obwohl er um diese Zeit vermutlich mit niemandem zu rechnen hatte.

Schließlich hatte Frederik den Waldrand erreicht und konnte das Dorf erblicken. Die rauchenden Schwaden erweckten eine Erinnerung an Lory, die ihm die Kehle zudrückte.

Kannst du das auch riechen, Fred? Es riecht nach Feuer und Rauch.

Ihre Stimme hatte so hoffnungsvoll geklungen.

Frederik atmete durch und ging dann schnellen Schrittes in gebückter Haltung über eine Wiese.

Von dieser Seite hatte er das Dorf während ihrem kurzen Aufenthalt noch nicht gesehen, aber es war sicherer, nicht auf direktem Wege in das Herz des Dorfes einzudringen. Er wollte jede Deckung nutzen und im Verborgenen bleiben.

Hart stieß er gegen eine Hauswand, weil er nicht rechtzeitig sein Tempo verringert hatte. Er ignorierte den Schmerz und besah sich die Umgebung. Niemand schien bisher auf ihn aufmerksam geworden zu sein. Mit einer Hand stieß er sich ab und schlich zu der nächstgelegenen Mauer. Von hier aus konnte er einen Weg überblicken, der in die Dorfmitte zu führen schien. Kurz hielt Frederik inne. Er versuchte sich zu orientieren, wobei er sich umschaute und die Spitze des Glockenturms erkannte. Gerade eben überragte er die Dächer der Häuser.

Frederik erinnerte sich, wie er den Glockenturm aus dem Fenster ihrer Unterkunft sehen konnte. Jetzt musste er nur noch einen gewissen Abstand zu dem Turm halten und ihn in diesem Radius umrunden. Dann musste er irgendwann auf die Hütte stoßen, bei der seine Frau ihr Leben verloren hatte.

Immer wieder nahm Frederik die Umgebung genau in Augenschein, um den sichersten Pfad zu wählen. Ab und zu torkelte ein Trunkenbold an ihm vorbei. In solchen Momenten verharrte Frederik und wartete ab. Einer der Saufbrüder entleerte nur fünf Schritte neben ihm seine Blase.

Als Frederik das Gefühl hatte, mittlerweile das ganze Dorf umrundet zu haben, stieg er über einen weiteren Holzzaun und sein Gesicht erschlaffte.

Der Anblick des kalten Mauerwerks und des herunterhängenden Seils an der Holzkonstruktion, ließ seine Knie weich werden.

Frederik hatte den Todesort von Lory erreicht. Der Brunnen stand im Dunkeln. Er wirkte auf Frederik wie ein riesiger Grabstein. Das Seil, von dem Alana seine Frau geschnitten hatte, schwankte im leichten Wind hin und her.

Frederik blickte über seine rechte Seite und sah die Hütte. Er fragte sich, ob er jemals diesen grausamen Ort aus seiner Erinnerung verbannen konnte.

Wieder die geduckte Haltung einnehmend, erreichte er die Hütte. Er ersparte sich jedoch, in das Innere zu gehen. Wäre dort etwas zu finden gewesen, was die rätselhaften Begebenheiten erklären könnte, wäre es ihnen sicherlich aufgefallen, als sie die Hütte bezogen hatten.

Nein. Sein Ziel war nicht das Innere der Hütte. Frederik umrundete die Hütte und blieb vor der Holzklappe stehen, die ihn in den Keller führen würde.

Er erinnerte sich nicht, wie er sie zurückgelassen hatte. Jetzt war sie geschlossen und er zog sie auf.

Knarzend tat sich vor ihm ein schwarzes Loch auf. Sogleich verfluchte er sich, weil er nicht bedacht hatte, dass er in dem Keller keinerlei Licht haben würde. So blieb ihm nichts anderes übrig, als nun doch die Hütte zu betreten, um eine Kerze zu holen.

Wie ein getriebener Hund umrundete er abermals die Hütte. Das Gebäude machte ihm Angst.

Er hasste es.

Frederik kam an dem Fenster in der Hauswand vorbei. Hier hatte alles angefangen. Durch diese Öffnung hatte er mit ansehen müssen, wie sich das Monster aufgetürmt hatte.

Er ging weiter, bis er vor der Tür stand. Offensichtlich hatte Mister Stokes es nicht für nötig gehalten, die Tür nach dem Vorfall zu verriegeln. Er konnte sie öffnen und trat hinein.

Nur weil er die Stube kannte, konnte er die schemenhafte Einrichtung in dem schwachen Licht erkennen.

Auf dem Kaminsims fand er, was er suchte. Eine Kerze und Tunkzündhölzer.

Frederik trat wieder ins Freie und musste sofort Deckung suchen, da er weitere Streuner hören konnte. Zwar sah er sie nicht, aber den Moment wollte er lieber abwarten.

Bald stand er wieder vor dem Kellereingang. Ruckartig entzündete er das Zündholz und damit die Kerze. Ihr Schein reichte nicht weit und so musste er behutsam eine Stufe nach der anderen überwinden.

Der Keller war nicht sehr hoch. Frederik konnte zwar aufrecht stehen, fühlte jedoch die Decke an seinen Haaren. Hier unten war es noch viel kälter als an der Oberfläche.

Jetzt stand er ungefähr in der Mitte des Raumes. Er drehte sich langsam im Kreis, wobei der Lichtschein der Kerze viele kleine Schatten über die feuchte Mauer tanzen ließ.

Ein zerfallenes Holzregal kam in sein Sichtfeld. Am Fuße dessen lagen Flaschen und Glasscherben verstreut herum. Eine Ratte starrte ihn an, als wolle sie sagen, dass sie den Einsturz des Regals nicht herbeigeführt hatte.

Frederik entdeckte auch alte Tücher sowie verrostetes Werkzeug.

Doch weiter nichts.

„Wieso hast du meine Frau angegriffen?"

Seine Worte waren leise.

„Wer bist du?"

Für Frederik gab es viele Fragen, auf die es wohl keine Antworten gab. Dennoch. Es tat ihm gut, sie auszusprechen.

Jetzt, wo er hier war, hatte er das Gefühl, endlich seiner Frau zu helfen. Er war sich sicher, dass er in diesem nach Fäule stinkenden Keller einen Anfang finden würde.

Einen Anfang, um Lory zu befreien.

Frederik stutzte.

Es roch nach Fäulnis, wie er es erwartet hatte. Aber da war noch ein Geruch, der ihn quälte. Er konzentrierte sich darauf. Schloss die Augen.

Er kannte den Geruch. Langsam bildete sich eine Erinnerung dazu. Und dann wusste er es.

Erst vor wenigen Wochen hatte Lory Mister Wilkon darum gebeten, seine verendeten Rinder weiter entfernt zu entladen.

Es war Leichengeruch, den Frederik jetzt wahrnahm. Es konnte sein, dass die Ratten hier unten elendig zu

Grunde gingen. Aber für die kleinen Biester schien der Gestank zu mächtig.

Sein Blick fiel auf den Erdboden. Er begriff, dass dort etwas liegen musste, was größer war als eine Ratte.

Er kniete sich hin und stützte sich mit der linken Hand auf dem Erdboden ab. In der rechten hielt er die Kerze und schwang sie langsam hin und her. Gleichzeitig schob er sich auf den Knien vorwärts und besah sich so den Untergrund.

Nach einer Weile musste Frederik seinen Rücken durchstrecken. Langsam verlor er die Hoffnung, fündig zu werden. Doch als er sich wieder in die kniende Haltung begab, spürte er etwas unter seiner Handfläche.

Er nahm die Hand hoch und dabei fiel ein kleiner Gegenstand von ihr herab. Er nahm ihn auf und hatte einen Ring in der Hand. Er sah aus wie gewöhnlicher Fingerschmuck aus Holz. Frederik steckte den Ring in seine Hosentasche. Das war es nicht, was er gehofft hatte zu finden. Er war davon ausgegangen, eine Fläche zu entdecken, an der der Boden etwas eingesackt war. Sollte hier irgendwer einen Menschen vergraben haben, hatte derjenige bestimmt nicht noch von außerhalb Erde herangekarrt. Und Frederik wusste von seiner Feldarbeit, dass umgegrabene Erde immer nachsackte. Sogar, wenn darin etwas vergraben lag.

Jetzt stand Frederik wieder in der Mitte vom Keller und dachte nach. Suchte er am falschen Ort? Es musste hier einen Hinweis geben. Wieso sollte der Rachegeist sonst in dieser Hütte aufgetaucht sein?

Jedenfalls würde ihm der Geist heute nicht erscheinen, wenn Aethel mit ihrer Aussage Recht behalten sollte.

Hatte eine dieser Kreaturen ein Opfer in den Wahnsinn getrieben, zog sie sich zurück und labte sich daran. Es konnte Tage, Wochen oder noch länger dauern, bis der Rachegeist wieder aufkreuzen würde.

Frederik kam das zerstörte Regal in den Sinn. Ist es über die Zeit hinweg von selber zusammengebrochen oder gab es einen anderen Grund?

Er ging näher an das Holzskelett heran. Daneben lagen die Tücher. War es möglich…?

Frederik warf sie an eine andere Stelle. Als er seinen Blick auf den Erdboden darunter richtete, sah er tatsächlich eine Veränderung der Oberfläche. Sein Herzschlag beschleunigte sich. Es war furchtbar kalt hier unten, aber nun fing Frederik an zu schwitzen. Sein Verdacht, jemand wäre beim Verscharren der Leiche an das Regal gestoßen und hatte es dabei zerstört, schien sich zu bewahrheiten.

Wieder kniete er sich hin, wechselte die Kerze von der rechten in die linke Hand und fing an, den Dreck abzutragen. Behutsam, fast ängstlich kratzte er mit seinen Fingern an der Oberfläche und hoffte insgeheim, nichts zu finden.

ZWÖLF

Ein Donnern an seiner Tür ließ Deaclan Smyth zusammenzucken.

„Mister Smyth! So machen Sie doch auf!"

„Was verflucht...?" Er war gerade dabei, die Bitten und Anträge der Dörfler zu sichten, was er sich immer auf den Abend legte. Ruhe war für ihn wichtig, wenn er dieser Arbeit nachging.

Hastig ging er zur Tür und zog sie auf. Er sah zwei Männer vor seinem Haus stehen.

„Was kann um diese Zeit so wichtig sein, dass ihr mir das Haus abreißen wollt?"

Ein Bauer namens Jason Dirkson trat aufgeregt hin und her. Seine Hand schwang noch zweimal in der Luft, bis er verstand, dass die Tür bereits offen stand.

„Mister Smyth! Mein Bruder Henry hat Ihnen etwas Seltsames zu erzählen." Nachdem Jason dies gesagt hatte, schob er Henry vor sich und trat in den Hintergrund.

„Herrgott, was ist denn bloß los mit euch?"

„Ich hab grad die letzten Ziegen zum fressen was gegeben und dann hab ich da was gesehen." Kurz sah Henry zurück zu Jason, als wolle er sich vergewissern, dass er wirklich weitererzählen sollte.

„Na los", sagte Jason.

Henry wandte sich wieder an Deaclan Smyth. „Also da hab ich gesehen, am Wasserrad war da jemand."

Deaclan Smyth zog fragend seine Brauen hoch, während Henry fortfuhr.

„Ein Kind dachte ich. War halt so klein." Seine Hand beschrieb eine Höhe bis zu seinem Bauchansatz. „Obendrauf auf dem Wasserrad und hallo hab ich gerufen. Dann ist es gefallen. Aber nicht ins Wasser, Mister Smyth." Er legte eine Pause ein und richtete seinen Blick in den Himmel, als suchte er nach etwas Bestimmten.

„Das Kind ist nach vorne gekippt und dann durch die Luft auf mich zu geflogen."

Wieder zog Deaclan Smyth die Brauen hoch, aber diesmal schob er seinen Kopf dabei etwas vor. „Du willst mir sagen, dass du ein fliegendes Kind gesehen hast, Henry?"

„Ob es wirklich ein Kind war, weiß ich nicht genau. Hab schnell meine Augen zugemacht und mich im Dreck geworfen."

„So hab ich ihn dann gefunden, als es mir lange vorkam, dass er immer noch bei den Ziegen war", sagte Jason. „Gesehen hab ich nichts. Hat auch lange gedauert, bis Henry endlich die Augen aufmachen wollte."

Deaclan Smyth sah beide abwechselnd an. „Wart ihr vorher im Thirsty Bird?"

„Mister Smyth!" Misses Clark kam eilig den Weg zum Haus herauf.

Deaclan Smyth, Henry und Jason sahen ihr entgegen, bis sie schwer atmend vor ihnen stehen blieb.

„Ich würde Sie gerne in einer vertraulichen Angelegenheit sprechen", sagte Frau Clark und sah dabei Henry und Jason an. Es sollte wohl eine Aufforderung sein, sie mit Mister Smyth alleine zu lassen. Doch Henry beendete ihr Vorhaben.

„Haben Sie auch etwas gesehen?"

Misses Clark sah Henry an. Nach einer Weile hatte sie sich anscheinend dazu entschlossen, dass es nicht störte, wenn Zuhörer zugegen waren. „Ruben hat Gesichter im Fluss gesehen. Mein Mann ist dann schnell zum Fluss gelaufen, ob dort jemand ertrunken sei."

„Um Gottes Willen, ist jemand verletzt?", fragte Mister Smyth.

„Nein. Er musste niemanden aus dem Wasser ziehen."

Erleichtert atmete der Dorfsprecher hörbar aus.

„Aber mein Mann konnte die Gesichter ebenfalls sehen."

DREIZEHN

Nach Luft schnappend stand Frederik auf der maroden Treppe, die den Keller mit der Außenwelt verband. Sein Oberkörper ragte aus der Öffnung. Die Arme wie eine zweistrebige Stütze auf den gefrorenen Rasen gestemmt. Seine Finger schmerzten, weil er vorhin unüberlegt, wie ein Maulwurf, die Erdkruste durchdringen wollte. Erst mit einer Glasscherbe gelang es ihm schließlich, die Erde Schicht für Schicht abzutragen. Seine Hände zollten jedoch auch dafür Tribut. Blutige Schürfwunden blieben auf seinen Handflächen zurück.

Nach einer Weile mühevoller Arbeit war er mit der Scherbe hängen geblieben. Erschrocken hatte Frederik sie losgelassen und auf das morbide Bildnis vor ihm gestarrt.

Die Scherbe war in einem bleichen Gesicht stecken geblieben. Zuvor hatte sie einen schmalen Streifen Haut abgeschält, der sich dann, wie eine Locke, zur Seite gekräuselt hatte.

Frederik hatte die Gesichtszüge einer Frau und den Ansatz von langen Haaren erkannt.

Das musste Maggy Person sein, hatte er in diesem Moment gedacht. Das arme Mädchen hatte also keineswegs das Dorf verlassen. Es war immer noch hier. Nur lag es steif unter der Erde.

Der Fund stimmte Frederik traurig. Wie konnte aus dem jungen Mädchen eine solch grausige Gestalt erwachsen, die andere Menschen in den Tod trieb?

Frederik musste wieder klare Gedanken fassen. Dafür war er auf die Treppe gestiegen.

So stand er jetzt bereits einige Zeit da und schaute in den Himmel, der seine ganze Sternenpracht offengelegt hatte. Nicht eine Wolke konnte Frederik ausmachen.

Er musste an Aethel denken. Vielmehr daran, was sie gesagt hatte.

Ihm wurde klar, wäre Maggy Person nicht in den Unternächten gestorben, würde ihr furchtbarer Rachegeist nicht existieren.

Und Lory wäre noch am Leben.

Als Frederik bewusst wurde, dass er versuchte Zeit zu überbrücken, blickte er über seine Schulter in den Keller.

Aethel hatte es wirklich gesehen. Den grausamen Tod des jungen Mädchens.

Was sollte er als nächstes tun? Soweit hatte er noch nicht gedacht. Und so tat er, was ihm als erstes in den Sinn kam. Frederik stieg wieder hinab in das dunkle Grab. Er wollte Maggy nicht dort liegen lassen, aber es blieb ihm für den Moment nichts anderes übrig. Er legte ein von Motten zerfressenes Tuch über ihr Gesicht, obwohl er sich fragte, warum er das überhaupt tat. Wahrscheinlich, weil man Tote immer mit etwas bedeckte. Danach legte er die Tunkzündhölzer gut erreichbar neben die Treppe, blies die Kerze aus und stellte sie daneben. Wenn er wiederkam, hatte er so seine Lichtquelle griffbereit. Dann stieg er hinaus ins Freie und schloss den Kellerzugang.

Er vergewisserte sich, dass niemand den Weg vor dem Zaun passierte und verließ das Grundstück. Die Vorsicht, die er noch auf dem Weg hierhin für so wichtig gehalten hatte, spielte jetzt keine Rolle mehr für ihn. Seine Gedanken hingen an der toten Maggy Person. Zwar hielt er sich am Rande des Weges geduckt und nutzte die Schatten der Gebäude, aber er wollte jetzt nicht mehr durch die Gärten schleichen. Es hatte bereits zu viele Tote gegeben und Frederiks Zorn befahl ihm, die Schuldigen zur Rechenschaft zu ziehen.

Frederik erkannte die Gegend wieder, in der er sich gerade befand. Hier war er auch mit dem Pferd entlang gegangen, als er es zur Weide gebracht hatte. Gleich würde sich der Weg gabeln und er hätte es nicht mehr weit bis zum Waldrand.

Dennoch wurden seine Schritte langsamer, denn seine Sehnsucht zerrte an ihm. Nicht weit von hier lag Lory begraben.

Schließlich blieb er stehen.

Sein Blick fing den Grabeshügel ein, der außerhalb des Dorfes lag. Wenn er jetzt zum Grab seiner Frau gehen würde, riskierte er, von den Dorfbewohnern entdeckt zu werden.

Aber was machte das noch aus? Was würde schon mit ihm geschehen? Er hatte nichts getan, weswegen sie ihn verurteilen konnten.

„Hallo, Frauenmörder!"

Frederik hatte nicht bemerkt, dass er bereits die Aufmerksamkeit anderer auf sich gelenkt hatte und sich ihm drei Gestalten genähert hatten.

„Dich kenne ich doch", sagte Frederik.

„Allerdings! Du hast mir mächtig in die Fresse gehauen."

Frederik wusste jetzt, wer ihm da gegenüberstand. Es war der junge Mann, dem er voller Wut seine Faust unter das Kinn geschmettert hatte. Er betrachtete die anderen zwei Männer. Kräftige Kerle. Auf dem Weg, erwachsen zu werden. Frederik war erschöpft und wollte es nicht auf einen Kampf ankommen lassen.

„Hör zu, es tut mir leid, dass ich dich erwischt habe. Ich war nicht ich selbst. Meine Frau…"

„Packt ihn!"

Ehe Frederik weiter schlichten konnte, wurde er von kräftigen Armen an jeder Seite festgehalten. Sein linker Arm wurde immer weiter nach hinten gezogen, sodass Frederik glaubte, seine Schulter würde gleich zerspringen. Er stieß einen Schrei aus.

„Halt's Maul!" Der junge Mann schlug zu. Nicht besonders hart, wie Frederik noch dachte, aber er schlug so oft und schnell hintereinander, dass Frederik keine Zeit mehr blieb zu schreien. Es folgten noch zwei weitere Schläge.

Frederiks Sinne schwanden.

Benommen merkte er, wie ihn etwas kitzelte. Es kam ihm verrückt vor. Sein Gesicht brannte vor Schmerzen, aber etwas kitzelte ihn unter seinem rechten Auge. Das Gefühl lief langsam seine Wange herunter und erreichte seinen Mundwinkel. Er schmeckte Blut.

„Ich weiß, dass du deine Frau nicht umgebracht hast." Der Schläger ging vor Frederik hin und her. „Aber Frauenmörder hört sich gut an und schließlich glaubt hier jeder, dass du sie an den Balken gehangen hast." Jetzt hockte der Mann sich direkt vor Frederik hin, damit sich ihre Blicke trafen.

Devon Wily, schoss es Frederik durch den Kopf. Der Dorfsprecher hatte seinen Namen erwähnt, als er Frederik des Dorfes verwiesen hatte.

„Ich hab's ja selber gesehen. War total irre. Hab sie noch eine heiße Braut genannt, als sie so ruhig zum Brunnen gegangen war. Aber sie hat mich nicht beachtet."

„Lass gut sein, Devon", sagte einer seiner Helfer. „Das reicht. Er hat genug."

Devon sah seinen Helfer finster an. „Was hast du gesagt, Riley? Wirst du jetzt wieder weich?"

„Ich meine ja nur…"

„Schnauze! Ich wusste, du pisst dir in die Hose."

Frederiks Arm wurde wieder etwas höher gezogen und Devon richtete seinen Blick wieder auf ihn. „Jedenfalls hatte ich noch überlegt, was sie da mit dem Strick anstellt und schwupps", Devon hüpfte nach vorne, „springt sie in den Brunnen."

Frederik kniff die Augen zusammen.

Devon erhob sich aus der Hocke. „Mir ist fast die Galle hochgekommen. So etwas habe ich noch nie gesehen."

Frederik hatte seine Augen wieder geöffnet und sah Devon aus Schlitzen entgegen. Statt Lory davon abzuhalten, hatte dieser miese Typ einfach nur zugesehen, wie sie sich das Leben genommen hatte.

„Hätte ich dich doch nur tot geschlagen", sagte Frederik. In seiner Stimme lag etwas unheilvoll Kaltes.

„Was? Mich totschlagen? Immerhin habe ich dann die Leute herbeigerufen, während du in der Hütte geschlafen hast!"

„Mistkerl", konnte Frederik noch sagen. Dann wurde er geschlagen und getreten.

„Es war so, wie ich es sage, Vater." Stanley Birch war zusammen mit seinem Vater auf dem Weg zu Deaclan Smyth. Der Dorfsprecher hatte zu einer Sitzung einberufen, um die jüngsten Vorkommnisse zu bereden.

„Aber waren es wirklich Gesichter dort im Fluss, Stanley? Es könnten doch vielleicht Fische gewesen sein."

Stanley schüttelte den Kopf. „Es waren Gesichter. Zuerst wenige und dann, als wenn die einen die anderen herbeigerufen hätten, wurden es immer mehr. Ruben und ich sind gelaufen wie die Teufel."

„Schon gut, mein Sohn. Es tut mir leid, dass ich nicht zu Hause war, als es dir widerfahren ist. Was ist mit Ruben?"

„Wir haben uns am Lake Way getrennt und sind nach Hause gelaufen. Seitdem habe ich ihn nicht gesehen", sagte Stanley.

„Du bist sehr tapfer, Stanley. Ich hätte mir in die Hosen geschissen."

Beide mussten grinsen.

Stanley wunderte sich selber über sich, wie er seine sonderbare Begegnung am Fluss hinnahm. Aber er hatte erst vor wenigen Tagen eine tote Frau gesehen und das Schicksal von Mister Trumbull berührte ihn sehr. Vielleicht waren seine Gefühle damit aufgebraucht, dachte er sich. Wie es Mister Trumbull wohl gerade erging?

„Was ist denn da vorne los?", hörte er seinen Vater fragen. „Da wird doch einer verprügelt."

Stanley sah seinem Vater hinterher, als dieser mit schnellen Schritten zu dem Geschehen hastete.

Tatsächlich hörte Stanley Schläge und Stöhnen. Bis die Stimme seines Vaters die misslichen Töne abschnitt.

„He, da! Verschwindet!"

Es waren drei Gestalten, die sich um eine vierte scharten und jetzt zu Stanley und seinem Vater blickten. Er konnte auf die Entfernung nicht erkennen, um wen es sich da handelte. Schon liefen die drei davon. Stanley lief seinem Vater hinterher und überholte ihn sogar noch. Schließlich stand er vor dem Mann, an den er eben noch gedacht hatte.

Frederik Trumbull kauerte auf dem Boden und hatte sich zusammengerollt.

Stanley hatte die ganze Zeit gedacht, dass Mister Trumbull das Dorf verlassen hatte. Deswegen wunderte es ihn umso mehr, den Mann hier anzutreffen.

„Mister Trumbull. Hören Sie mich?", fragte Stanley. „Komm her, Vater! Wir müssen ihm helfen."

„Ich bin schon da, mein Junge. Lass mal sehen." Sein Vater kniete sich keuchend neben Frederik und tastete ihn behutsam ab.

„Es geht schon", sagte Frederik.

Sie halfen ihm beim Aufstehen. Einen Moment lang musste Frederik die Arme auf seine Knie stützen und seinen Schwindel vertreiben. Dann streckte er behutsam seinen Rücken durch. Er konnte spüren, wo die Schmerzen ihn noch einige Tage begleiten würden.

Erst jetzt sah er zu seinen Helfern und erkannte den Priester, der Lory beerdigt hatte. Neben ihm stand der Junge, der beim Transport des Sarges geholfen hatte.

Auch wenn Frederik die Anwesenheit der zwei bedrückend fand, war ihm klar, dass sie ihn vor etwas

Schlimmeren bewahrt hatten. Er nickte ihnen dankbar zu. „Ich danke euch. Das war sehr mutig."

„Wieso sind Sie hier im Dorf, Mister Trumbull?", fragte der Junge. „Unser Dorfsprecher hat Sie angewiesen, Middlewood zu verlassen."

Frederik sah den Jungen an. Er wirkte auf ihn wie ein hilfsbereiter guter Junge, der Frederik nichts vorzuwerfen schien. Bisher war Frederik davon ausgegangen, dass jeder ihn für den Mörder seiner Frau hielt. Das schien auf die beiden nicht zuzutreffen. Jedenfalls machten sie nicht den Eindruck, einem Mörder gegenüberzustehen.

„Das geht uns nichts an, Stanley", sagte der Priester.

Frederik dachte darüber nach. Er brauchte Hilfe bei dem, was er vorhatte. Und diese beiden Dorfbewohner standen ihm nicht feindlich gegenüber. „Schon gut, Priester", sagte er. Er wägte seine nächsten Worte ab. Aber der Mord an Maggy war nicht zu verharmlosen. „Es gibt noch eine Tote."

Der Priester zuckte wie vom Blitz getroffen. „Was?"

„Ich glaube, es ist Maggy Person", sagte Frederik. „Sie muss es sein. Alles passt zusammen."

„Was passt zusammen?", fragte der Junge, auf dessen Gesicht das eben Gesagte einen schockierten Ausdruck gelegt hatte.

Frederik ließ sich wieder einen Moment Zeit für seine Antwort. Wie würden die beiden darauf reagieren, wenn er ihnen von den übernatürlichen Geschehnissen erzählen würde.

„Maggy Person? Aber Sie können sie nicht kennen", sagte der Priester. „Dennoch könnte es so sein. Sie ist verschwunden und nie zurückgekehrt."

Frederik sah ihn an. Der Priester hatte seinen Blick in den Nachthimmel gerichtet. „Sind wir noch auf Erden? Ist das eine Prüfung?" Dann senkte er wieder seinen Kopf. „Für die Allermeisten hier im Dorf sind Sie der Mörder ihrer Frau. Dafür haben die ausgeschmückten Geschichten und der Tratsch gesorgt." Die Augen des Priesters verengten sich, als er Frederik fragte: „Sind Sie ein Mörder, Mister Trumbull?"

„Vater!" Entsetzen klang in der Stimme des Jungen mit. „Wie kannst du nur so etwas fragen?"

Der Priester schob seine Handfläche vor den Jungen, als wolle er nicht weiter unterbrochen werden. Der Junge schwieg.

„Das bin ich nicht", sagte Frederik. „Hören Sie, Priester. In Middlewood ist etwas geschehen, was der Verstand nicht begreifen kann."

Frederik wartete die Antwort des Priesters ab. Seine beiden Gegenüber sahen einander an, als würden sie sich unterhalten. Aber es wurde kein Wort gesagt.

Endlich regte sich der Priester wieder. Er sah Frederik in die Augen. „Nun, Mister Trumbull. Wir glauben Ihnen."

Stanley trat vor Frederik. „Ich war drüben am Fluss mit einem Freund." Er zeigte in eine Richtung. „Ruben hat zuerst etwas im Wasser gesehen." Stanley legte eine Pause ein, weil er mit seinem nächsten Satz nicht zu kindisch klingen wollte.

„Und was hat er gesehen?", fragte Mister Trumbull. „Sag es mir ruhig."

Anscheinend hatte Mister Trumbull sein Zögern bemerkt.

„Wir konnten Gesichter erkennen. Viele. Sie glotzten uns an."

Sein Vater übernahm das Reden. „Ich glaube meinem Sohn und anscheinend tut das auch der Dorfsprecher. Wir sind auf dem Weg zu einer Sitzung."

„Ich glaube dir ebenfalls, Stanley", sagte Mister Trumbull. „Auch ich habe etwas gesehen, was mir seit dem den Verstand zermürbt."

Vater und Sohn sahen ihn an.

„Dann sollten Sie jetzt mit uns gehen", sagte der Priester zu Mister Trumbull.

Sein Vater legte einen Arm um Mister Trumbulls Schulter, als wollte er so seine Bitte verstärken, sie zu begleiten. Und während sein Vater Mister Trumbull erläuterte, wo die Besprechung stattfinden sollte, sah Stanley einen kleinen Gegenstand im flackernden Licht der Straßenlaterne. Der Kampf hatte den Schnee an dieser Stelle großflächig niedergewalzt. Er kniete sich hin und nahm den Gegenstand in die Hand. Auf seiner Handfläche lag ein Ring. Er war nicht aus Hirschhorn. Stanley erkannte ihn als einen seiner Ringe, wie er sie aus Holz anfertigte und er wusste auch noch, wer der Auftraggeber für diesen Fingerschmuck gewesen ist. Stanley runzelte die Stirn.

„Na komm schon, Junge!"

Stanley steckte den Ring ein und lief seinem Vater und Mister Trumbull hinterher.

Frederik ging mit dem Priester und dessen Sohn auf direktem Wege durch das Dorf. Er machte sich jetzt nur noch wenige Gedanken darüber, wie die Leute reagieren würden, sollten sie ihn erblicken. Mit dem Dorfpriester an seiner Seite fühlte er sich gar bestärkt und berechtigt, sein Ziel zu verfolgen. Seine Unschuld zu beweisen war ihm dabei weniger wichtig, als Lory zu erlösen.

Nein. Nicht Lory. Vielmehr ihren Geist.

Diese Einsicht würde ihn immer begleiten und der Verlust für immer peinigen.

Mut und Entschlossenheit ließen seine Schritte schneller werden, sodass der Priester sich bemühen musste, mit Frederik Schritt zu halten.

„Was treibt dich an, Frederik Trumbull?", fragte er.

„Meine Frau wurde in den Tod getrieben. Und ich glaube jetzt, dass es der böse Geist von Maggy Person war, der sie dazu gebracht hat."

„Du meine Güte!", stieß Stanley aus, der ebenfalls bemüht war, nicht zu weit hinter ihnen zu bleiben. „Ich kannte Maggy. Sie war kaum älter als ich. Niemals könnte sie böse sein."

„Ihr Geist hat uns in der Hütte heimgesucht."

„Du hast sie also dort gefunden?", fragte der Priester.

Frederik nickte. „Verscharrt in der kalten Erde im Keller."

Der Priester blieb stehen. „Weshalb hast du nach einer Leiche gesucht?"

„Es gibt jemanden, der weiß, weshalb das alles passiert. Meine Frau ist tot, Priester. Ihr Geist ist verdammt und…" Frederik verstummte. Es wäre besser, wenn er einfache Worte für den Priester fand. „Wir müssen Maggy Person beerdigen. Middlewood wird von Geistern tyrannisiert, solange ihr Geist nicht besänftigt ist. Auch konnte Stanley deswegen die Gesichter im Fluss sehen. Aber was, wenn sie sich erheben und aus dem Wasser kommen und es weitere

Tote gibt? Der böse Geist von Maggy Person kontrolliert das alles!" Frederik bemerkte erst jetzt, dass er den Priester an den Armen hielt und ließ ihn los. „Helfen Sie mir dabei, Priester."

„Natürlich! Das arme Kind kann nicht einfach so verscharrt bleiben. Wir werden sie exhumieren und eine Bestattung im Namen des Herrn durchführen."

Frederik war erleichtert über die Worte des Priesters. Dann wartete er darauf, dass sie weitergingen. „Was ist los? Warum gehen wir nicht weiter?"

„Wir sind bereits da", sagte der Priester.

Sie standen vor einem gemauerten Haus, mit geschlossenen Fensterläden. Oberhalb der Tür war ein Brett angeschlagen. Eine Reihe von Eiszapfen unterstrich die Gravur:

ZUM WOHLE DER BEWOHNER VON MIDDLEWOOD

In geringer Entfernung zu dem Haus war der große Stein des Richterplatzes zu sehen, der von vielen kleineren Steinen eingeschlossen wurde. Hier wollte Frederik ursprünglich nach Arbeit fragen und sich so in das Dorfleben einbringen. Die Dinge hatten sich auf schreckliche Weise geändert.

„Ich möchte, dass du hier draußen wartest. Ich muss den Dorfsprecher behutsam auf deine Anwesenheit vorbereiten. Wische dir in der Zeit das Blut aus dem Gesicht."

Frederik rieb die Handflächen aneinander, um sie zu wärmen. Dann nickte er dem Priester zu und hoffte, dass er nicht allzu lange warten musste.

Als der Priester und Stanley im Haus verschwunden waren, ging Frederik auf und ab. Dabei überlegte er, was ihn im Inneren des Hauses erwarten konnte. Gerne hätte er dem Priester noch gesagt, dass er erst am Ende der Sitzung und somit nach den Berichten der Dorfbewohner verraten sollte, dass Frederik Trumbull vor der Tür stehe. Dann wären alle Beteiligten vielleicht im Bilde und würden ihn nicht mehr leichtfertig verurteilen. Für Frederik war es das Wichtigste, dass er zu Wort kommen und nicht sofort in Gewahrsam genommen werden würde.

Er schaute sich in der Dunkelheit um, die durch das Flackern einzelner Laternen gebrochen wurde. Alles schien so friedlich, aber der Tod war hier.

Der eisige Wind war jetzt ein stetiger Begleiter. Frederik machte sich Gedanken, wie es nach all dem hier weitergehen würde. Konnte er Lory hier zurücklassen und mit seinem Sohn nach York aufbrechen? Anscheinend war die Nachricht über einen möglichen Krieg immer noch nicht nach Middlewood gelangt. Das Dorf lag für Frederiks Empfinden auch nicht in Küstennähe.

Die Tür öffnete sich. „Tritt ein, Frederik." Der Priester winkte ihn zu sich. „Sie erwarten dich."

Frederik merkte, wie seine Glieder gierig die Wärme der Stube aufsogen. In dem großen Kamin loderte ein Feuer und sein Gesicht schmerzte durch den plötzlichen Temperaturanstieg.

Nach wenigen Schritten blieb er stehen und wartete ab. Dabei sah er sich um. Zu seiner Verwunderung waren viele Kinder anwesend. Manche lehnten an den Wänden, andere saßen auf dem Boden. Allen stand mindestens ein Erwachsener beiseite. Vermutlich die Eltern, dachte Frederik. Dann fixierte er seinen Blick auf den massigen Holztisch, der mit seiner Größe den meisten Platz des Raumes einnahm. Daran verteilt saßen ausschließlich Männer. Frederik erkannte zwei davon wieder. Den Dorfsprecher Deaclan Smyth und Bradley Stokes. Den Gesichtsausdruck des Dorfsprechers konnte Frederik nicht deuten, was Frederik als gutes Zeichen empfand. So hatte Mister Smyth vermutlich noch kein Urteil gefällt. In Bradley Stokes Gesicht hingegen, nahm Frederik eine ablehnende Haltung ihm gegenüber wahr. An den Seiten der beiden saßen jeweils noch zwei weitere Männer.

Deaclan Smyth ergriff das Wort. „Mister Trumbull. Wo auch immer Priester Birch Sie aufgefunden hat. Nach seiner Einschätzung ist es wichtig, dass Sie zugegen sind."

Frederik drehte seine Augen zum Priester. Was für ein listiger Zug von dem Kirchenmann, dachte er. Der Priester schien den Anwesenden weiß gemacht zu haben, dass er es war, der Frederik in das Dorf zurückgeholt hatte. Somit hatte Frederik, im Glauben der Dörfler, nicht das Wort des Dorfsprechers gebrochen, Middlewood fernzubleiben. Der Priester stand ihm wirklich zur Seite. Es war gut, einen weiteren Verbündeten zu haben.

„Wir haben soeben einige Berichte über Geistererscheinungen und sogar Angriffe gehört", sagte der Dorfsprecher. „Es ist schwer, diesen Dingen Glauben zu schenken, wenn man sie nicht am eigenen Leibe erlebt hat. Dennoch ist es meine Pflicht als Dorfsprecher, die Vorfälle zu untersuchen." Deaclan

Smyth erhob sich, ging um den Tisch herum und stellte sich Frederik gegenüber. „Der Priester glaubt, dass es einen Zusammenhang mit der Tragödie Ihrer Frau…"

Bradley Stokes erhob sich von seinem Stuhl. „Er ist der Mörder, Deaclan. Er muss in Gewahrsam genommen werden. Verurteilen wir ihn!"

Der Dorfsprecher drehte sich ihm entgegen. „Das wissen wir nicht! Niemand hat es gesehen und es gibt keinen Beweis dafür. Also setz dich wieder hin."

Frederik hatte damit gerechnet, dass ihn jemand als Mörder bezichtigen würde. Es traf ihn tief in seinem Herzen, dass jemand annehmen konnte, er hätte seine Frau getötet. Aber er hatte noch etwas zu bieten, um seine Unschuld darzulegen. Einen Zeugen. Nur war er auf dessen Ehrlichkeit angewiesen und diese Aussicht war erschlagend gering. Dennoch musste er sich verteidigen, damit dieser abscheuliche Stokes nicht noch mehr Ratsmitglieder gegen ihn aufbrachte.

„Jemand war in dieser Nacht da und hat mit angesehen, was passiert ist", sagte Frederik. Der Tumult verstummte augenblicklich.

„Wer?", wollte der Dorfsprecher wissen.

„Devon Wily."

„Devon? Ihr habt Devon mit der Faust ins Gesicht geschlagen, um jetzt zu behaupten, dass er ein Zeuge ist?" Deaclan Smyth ging wieder zu seinem Stuhl und setzte sich hin. Bradley Stokes flüsterte ihm etwas zu, der Dorfsprecher nickte und wandte sich an den Mann, der an seiner linken Seite saß. Der Mann stand auf, ging an Frederik vorbei und verließ das Haus.

„Erklären Sie das", sagte Mister Smyth.

„Er stand mir an diesem Morgen am nächsten und ich habe meiner Verzweiflung freien Lauf gelassen.

Jetzt tut es mir leid, aber ich glaube auch, dass er nicht zufällig in meiner Nähe stand. Er hat in der Nacht gesehen, wie…", Frederik musste schlucken, „wie meine Frau sich das Leben genommen hat. Devons Neugierde war an diesem Morgen vermutlich sehr groß. Er wollte sehen, was weiter passiert."

Wieder war es Bradley Stokes, der dazwischen rief. „Selbstmord also? Ist es das, was Sie uns glauben machen wollen? Ich sage, das ist lächerlich!"

„Der Einwand von Mister Stokes ist tatsächlich zu hinterfragen. Sie selbst sagten zu mir, dass sie ermordet worden ist. Warum sollte ihre schwangere Frau Selbstmord begehen, Mister Trumbull?", fragte der Dorfsprecher.

Frederik ließ sich etwas Zeit mit seiner Antwort.

„Weil sie ein böser Geist dazu getrieben hat."

Ein Raunen war zu vernehmen.

Frederik fuhr fort. „Und dieser Geist ist es auch, weshalb Sie diese Sitzung einberufen haben, Mister Smyth."

Deaclan Smyth sah Frederik fragend an.

„Er ist so mächtig, dass er die Tore zur Geisterwelt öffnen kann. Die Geistererscheinungen sind darauf zurückzuführen."

Wieder wurde der Raum von einem Raunen erfüllt und es wurde lautstark durcheinander geredet.

Einige Gesprächsfetzen ließen Frederik darauf schließen, dass es weit mehr Geistererscheinungen gab, als er oder Stanley es erlebt hatten. Der Dorfsprecher musste den Zusammenhang einfach sehen.

Deaclan Smyth klopfte auf den Tisch. Allmählich kehrte Ruhe ein.

„Warum sind Sie also hier, Mister Trumbull. Wieso meint der Priester, dass Sie uns von Nutzen sind?"

Frederik sah seine Gelegenheit zur Aufklärung gekommen. Er bedachte seine Worte genau. „Der böse Geist muss besänftigt werden." Frederik faltete seine Hände, als wenn er an einer Wasserquelle Wasser abschöpfen wollte. „Gelingt uns das, werden auch alle anderen Erscheinungen verschwinden."

Frederik vergewisserte sich, dass der Dorfsprecher aufmerksam war. „Dazu muss der Körper des Geistes aus seinem falschen Grab gehoben werden."

„Gütiger Gott. Eine Exhumierung? Wen?" Deaclan Smyth sah dabei den Priester an.

Dieser fühlte sich anscheinend dazu aufgefordert, Stellung zu beziehen. „Wir müssen es versuchen, Mister Smyth! Der Geist muss vertrieben werden." Der Priester schaute nachdenklich zur Decke des Raumes. „Und sollte das Ritual den Geist nicht vertreiben können, so ist es dennoch unsere Pflicht, das Mädchen so zu bestatten, wie es der Herr uns gelehrt hat."

Frederik sah erschrocken auf. Bisher hatten sie keinem der Anwesenden von dem toten Mädchen im Keller erzählt. Um dies zu erklären, musste Frederik zugeben, dass er bereits im Dorf gewesen war und nicht erst der Priester ihn hergebracht hatte.

Der Dorfsprecher rang nach Luft und Entsetzen machte sich auf seinem Gesicht breit „Es gibt also eine weitere Tote? Das ist entsetzlich." Sein Kopf kippte nach vorne.

Frederik wollte Gewissheit. „Dann kann ich mit dem Priester die nötigen Schritte unternehmen, Dorfsprecher?"

Deaclan Smyth hob den Kopf. „Wer ist es, Priester? Welches Mädchen soll…"

Die Tür wurde aufgedrückt und herein kam der junge Mann, der zuvor den Raum verlassen hatte. Alle Anwesenden sahen zu ihm hinüber. Auch Frederik drehte sich um. Hinter dem jungen Mann betrat Devon Wily den Raum.

Finster sah er Frederik in die Augen.

Der Dorfsprecher hatte also nach ihm schicken lassen.

Es war Bradley Stokes, der jetzt zu Wort kam. „Ah, Devon. Da bist du ja. Wie geht es deinem Auge?"

Stokes versucht, ihn noch mehr gegen mich aufzubringen, dachte Frederik.

„Wir haben hier eine Aussage von Mister Trumbull, zu der du einfach kurz und wahrheitsgemäß Antwort geben sollst."

„Das tue ich gerne. Worum geht's?"

Frederik verkrampfte der Magen. Er erkannte einen verschlagenen Ausdruck in Devons Gesicht.

Der Dorfsprecher übernahm das Gespräch. „Devon, wie auch du vermutlich weißt, gab es einen Todesfall in unserem Dorf."

Devon nickte.

„Hast du Informationen für uns, die den Umstand des Todes erklären könnten?"

Frederik sah mit Erstaunen, wie der Junge es schaffte, vom einen auf den anderen Moment eingeschüchtert zu wirken.

Dann hörte er den Jungen flüstern. „Ich habe Angst, dass er mir was tut."

Der Dorfsprecher trat näher an den Jungen heran. „Was meinst du damit, Devon?"

„Sie müssen mich beschützen, Dorfsprecher." Sein Blick ging zu Frederik.

„Dir wird niemand etwas antun, mein Junge. Sage, was du weißt", sagte der Dorfsprecher.

„Ich war auf dem Heimweg, als ich Frauengekreische gehört hab. Hab schon gedacht, dass Maggy wieder da ist, weil es von ihrer Hütte kam. Hab in den Garten geguckt und Panik gekriegt. Ich bin dann schnell weggelaufen. Am nächsten Morgen bin ich wieder hin, weil ich gehofft hatte, dass es nicht so war, was ich gesehen habe."

„Aber was hat dir Panik gemacht, Devon?", fragte der Dorfsprecher.

Jetzt sah Devon Frederik kalt an und zeigte auf ihn. „Der da hat seine Frau aufgeknüpft."

Im Raum wurde es erneut laut. Frederik konnte nicht glauben, was Devon da erzählt hatte. Niemals hätte er damit gerechnet, dass Devon solch eine Lüge verbreiten würde. Eher, dass er leugnen würde, dass er dort war, als Lory gestorben war.

Frederik war in diesem Moment nicht im Stande, auf die Lüge etwas zu entgegnen. Durch den Lärm von Beschimpfungen und Rufen würde ihn der Dorfsprecher nicht einmal hören können. Seine Beine wurden weich. So hatte sich Devon Wily also an ihm gerächt. Der Junge nahm in Kauf, dass Frederik verurteilt und vermutlich mit dem Tode bestraft werden würde.

Devon Wily war böse. Sein verletzter Stolz hatte ihn dazu gebracht, den Mann zu bestrafen, der ihn durch einen Faustschlag erniedrigt hatte.

Aber Frederik hatte zu viel durchgemacht, um jetzt von diesem kleinen Widerling vernichtet zu werden. Er bäumte sich auf und eröffnete seine Verteidigung.

„Weshalb sollte ich einen Zeugen benennen, der mir eine Verurteilung bringt?" Seine Stimme überlagerte den Lärm, sodass der Dorfsprecher ihn hören musste.

Und tatsächlich drehte dieser seinen Kopf zu Frederik. Aber ein anderer sprach an seiner Stelle.

„Ihr da! Nehmt Mister Trumbull in Gewahrsam und bringt ihn in den verriegelten Schuppen." Es war Bradley Stokes, der die Anweisung an die vier Männer am großen Tisch weitergab.

Viele Eltern verließen fluchtartig mit ihren Kindern den Raum.

Fast wirkte es so, als seien sie in einem Bienenstock, dessen Bewohner nach und nach realisierten, dass ihre Königin nicht mehr über sie wachte. Chaos würde der Feststellung folgen.

Die vier Männer packten Frederik grob an den Armen und zerrten an ihm. Aus der aufgebrachten Menge wurde Frederik bespuckt. Von einer anderen Seite wurde er getreten.

Wie sollte er jetzt noch gegen seine Widersacher bestehen können?

Dann sprang ein Junge auf den Holztisch. „Devon lügt! Hört auf! Es ist nicht wahr!"

Die Leute, die dem Tisch nahe standen, hielten inne und sahen zu dem Jungen auf. Ein jeder stupste seinen Nachbarn an und zeigte auf den Jungen. So wurde es allmählich ruhiger im Raum.

„Devon lügt", wiederholte der Junge. Frederik erkannte ihn als einen Jungen aus der Bande, die ihn zuvor attackiert hatte, bevor der Priester und Stanley ihm zur Hilfe gekommen waren.

Der Dorfsprecher durchschritt die Menge. Man merkte ihm Verwirrung, aber auch das Ende seiner Geduld an. „Komm da runter, Riley!" Fast zeitgleich wandte er sich an Devon. „Und du kommst zu mir!"

Jetzt standen die beiden Jungen nebeneinander. Devon wich den Blicken des Dorfsprechers aus.

„Sieh mich an. Ich werde eine Untersuchung veranlassen und die Wahrheit ans Licht bringen. Also sage mir besser, was wirklich geschehen ist."

Devon tänzelte auf seinen Füßen. Für Frederik sah er jetzt wie ein kleines Kind aus, das seinen größten Ärger zu erwarten hatte, würde es weiter lügen.

Der Junge erzählte den Anwesenden, was er zuvor Frederik bei dem Überfall erzählt hatte.

„Tut mir leid", sagte Devon, dass man es kaum verstehen konnte. „Ich war stocksauer, weil er mich geschlagen hat."

Frederik verkniff sich die Aussage, dass der Junge sich bereits dafür revanchiert hatte.

Erleichterung machte sich in Frederik breit, bedeutete das eben Gesagte doch, dass er nicht mehr als Mörder angesehen werden konnte. Jetzt kam es auf den Dorfsprecher an.

Sichtlich betroffen, was dieser soeben erfahren hatte, wandte er sich an Frederik. „Mister Trumbull. Ich habe Sie aus unserem Dorf verwiesen, weil Sie Devon gegenüber handgreiflich geworden sind. Seine falsche Beschuldigung hätte Ihnen beinahe einen Prozess eingebracht. Dieser Gegenschlag, ein besonders gemeiner, soll Verurteilung genug für Sie sein. Ich hebe ihren Ausschluss aus unserem Dorf hiermit auf."

Die meisten der Anwesenden ließen ein zustimmendes Gemurmel verlauten. Frederik rechnete mit einem Einspruch von Bradley Stokes. Doch der saß auf seinem Stuhl und starrte auf den Tisch. Etwas fahl im Gesicht, wie Frederik dachte.

Schnell konzentrierte sich Frederik wieder auf den Dorfsprecher. „Mister Smyth. Was Devon geschildert hat, mag für Sie wie ein Selbstmord erscheinen. Aber Lory hat das nicht von sich aus getan. Sie wurde dazu getrieben. Ich bitte Sie, veranlassen Sie die Exhumierung."

Am frühen Morgen des nächsten Tages standen sie vor der Holzklappe, die sie hinunter zu der Toten führen würde. Außer dem Dorfsprecher waren Frederik, der Priester und ein weiterer Mann zugegen, um das arme Mädchen aus seinem kalten Grab zu holen. Der Mann, den Frederik zuvor noch nie gesehen hatte, war mit einer Schaufel ausgerüstet, während der Priester eine Holzkiste auf einem Karren herbeigeschafft hatte.

Und obwohl der Dorfsprecher auf das Bitten von Frederik gefordert hatte, der Exhumierung fern zu bleiben, drängten sich einige Mutige vor dem Zaun oder hockten in den Sträuchern, die der Rückseite der Hütte nahe waren.

Frederik war nicht wohl dabei, dass die Dorfbewohner die Exhumierung beobachteten. „Versuchen Sie es noch einmal, Mister Smyth. Die Leute sollen verschwinden. Der Rachegeist könnte unseren Plan durchkreuzen und hier erscheinen."

Der Mann mit der Schaufel sah Frederik mit einem angsterfüllten Gesicht an und ging dabei langsam rückwärts. Schließlich ließ er die Schaufel fallen, drehte sich um und rannte davon.

„He, Rundolph!", rief ihm der Dorfsprecher hinterher.

Anscheinend hatte der arme Kerl soeben zum ersten Mal gehört, weshalb er hier war, dachte Frederik und hob die Schaufel auf. „Lassen Sie nur, ich übernehme das." Frederik nahm wahr, dass die Menge der Schaulustigen abnahm. „Sehen Sie nur, Dorfsprecher. Die anderen tun es ihm gleich."

„Also gut. Dann ist es besser so", sagte der Dorfsprecher. „Ich werde hier oben warten."

Frederik und der Priester sahen sich fragend an. So oblag es also ihnen alleine, die Exhumierung zu vollziehen.

„Dann los", sagte Frederik und öffnete die Holzklappe zum Keller.

Unten angekommen fand er die Kerze mit den Zündhölzern, die er zuvor zurückgelassen hatte. Er entzündete sie und ging zu der Stelle, an der er Maggy Person gefunden hatte.

„Hier drüben liegt sie", sagte Frederik.

Der Priester hatte ebenfalls zwei Kerzen mitgebracht, die er nun an der Fundstelle aufstellte.

„Halten Sie die hier bitte in der Hand", sagte Frederik.

Der Lichtschein der drei Kerzen war ausreichend, um die Stelle zu beleuchten, bei der Frederik nun vorsichtig die Erde mit der Schaufel abtrug.

Der Priester sprach ein Gebet.

Ab und zu flackerten die Kerzen, wenn der eiskalte Wind den Weg in den Keller fand.

„Sehen Sie nur, Priester." Frederik lehnte die Schaufel an die Wand und kniete sich vor das offengelegte Grab. Vorsichtig fegte er mit seinen Handflächen die Erde aus dem Gesicht der Toten.

Der Priester beugte sich dem Leichnam entgegen. „Wahrhaftig. Ich erkenne sie. Es ist Maggy Person. Gütiger Gott." Der Priester hielt die Kerze näher an ihren Kopf. „Ihr Gesicht ist verzerrt. Es muss ihr schrecklich ergangen sein in ihren letzten Augenblicken."

Frederik interessierte der Hals. „Sie wurde wirklich erwürgt. Hier sind Spuren zu erkennen."

Der Priester sah ihn an. „Woher weißt du das?"

Frederik erhob sich. Es war nicht mehr in seinem Sinne, irgendetwas vor dem Priester zu verheimlichen. „Es gibt eine alte Frau, die in die Geisterwelt sehen kann. Sie hat die Tötung nachempfinden können und mir beschrieben, was geschah."

„Du redest von der alten Aethel, nicht wahr?" Ohne eine Antwort abzuwarten fuhr Mister Birch fort. „Alle haben sie damals für verrückt gehalten. Und nun zeigt sich, dass wir Unrecht hatten." Der Priester ging zur Treppe. „Lass sie uns hier rausholen", sagte er zu Frederik und stapfte die Sprossen hinauf.

Kurz darauf wurde ein Brett in den Keller geschoben. Frederik nahm es entgegen und legte es neben die Tote. Schlaufen waren darauf befestigt. Am unteren Ende gab es eine Art doppelten Köcher.

Der Priester kam die Treppe wieder hinunter gestiegen. „Wir müssen sie gut festmachen."

Frederik bemerkte eine Veränderung an dem Priester. Er wirkte abgeklärter als zuvor. Frederik vermutete, dass er sich so gegen seine Gefühle für die Tote abschotten wollte.

Der Priester sprach weiter. „Du musst ihre Füße dort unten rein stecken. Das verhindert, dass sie auf den Weg nach oben vom Brett rutscht."

Frederik folgte stumm den Anweisungen. Es war eine grauenvolle Begebenheit. Maggy fühlte sich nicht an wie ein Mensch. Eher wie ein Stein. Kalt und starr.

Frederik steckte ihre Füße in den Köcher. Dann fing der Priester an, den Oberkörper, Arme und Beine mit den vorhandenen Schlaufen festzuzurren.

„Hilf mir mal. Das Knie steht etwas ab."

Frederik umfasste das Knie des Mädchens, schloss seine Augen und drückte es, begleitet von einem knackenden Geräusch, nach unten.

Nach ein paar weiteren Handgriffen ließ der Priester von dem Mädchen ab und erhob sich.

„Das wird halten." Er ging zur Treppe. „Deaclan! Nimm sie entgegen." Dann kam er zurück und umfasste das Brett mit seinen Händen. Kurz hielt er inne, um Frederik so die Gelegenheit zu geben, es ihm gleich zu tun.

Als Frederik bereit war, hoben sie das Brett hoch.

Maggy wirkte darauf wie eine Statue.

Sie versuchten den Winkel so groß wie möglich zu halten und schoben das Brett über die Treppe nach oben.

Als der Dorfsprecher von oben mithalf und sie Maggy nach draußen gezerrt hatten, sammelte Frederik die Kerzen ein und besah sich das lange Loch in der Mitte des Raumes. Wer konnte so grausam sein und einen Menschen hier unten wie ein Stück Vieh verscharren?

Der Karren knarzte im Schnee und führte die Gefolgschaft an. Viele Dorfbewohner hatten sich angeschlossen.

Frederik war erstaunt, dass so viele Menschen an der Beerdigung von Maggy Person teilnehmen wollten. Sie schien beliebt gewesen zu sein. Deaclan Smyth hatte dafür gesorgt, dass Klagefrauen zugegen waren. Maggy sollte ein anständiges Begräbnis auf dem Grabeshügel erhalten.

Mittlerweile mussten sich die Berichte über die Erscheinungen im ganzen Dorf verteilt haben, wie Frederik dachte, und dennoch trotzten diese Menschen der Möglichkeit, von einem Geist heimgesucht zu werden. Vermutlich hatte sich aber auch ein Teil der Dorfbewohner in ihr Heim zurückgezogen und hoffte so, verschont zu bleiben.

Frederik kam die Situation schrecklich vertraut vor. Hatte er doch diesen schweren Weg vor drei Tagen bereits beschritten.

Der Karren stoppte und die Kiste, in der Maggy lag, wurde herabgehoben.

Frederik beobachtete schweigend das Vorgehen.

Stanley fuhr den Karren beiseite, während die Träger die Kiste in das ausgehobene Grab herab ließen. Der Priester setzte mit seinem Gebet ein.

Frederik hielt sich jetzt noch weiter abseits des Geschehens und wendete sich dem Grab seiner Frau zu. Er erkannte es, obwohl die Gräber hier alle gleich aussahen. Das Holzkreuz stand etwas schief. Vermutlich hatte die Schneelast es in diese Position gedrückt.

Bald wird dein Geist frei sein, dachte Frederik. In Gedanken sah er seine Frau. Verschiedene Situationen kamen ihm in den Sinn, die sie zusammen erlebt hatten.

Irgendwann bemerkte er, dass einige Leute bereits das Grab verließen und den Hügel hinunter gingen. Das Begräbnis hatte ein Ende gefunden.

Maggy Person war beerdigt.

„Was passiert als nächstes?", hörte er die Stimme des Priesters.

Frederik drehte sich zu ihm um. Hinter dem Priester standen noch ein paar weitere Männer. Ansonsten war der Friedhof wieder dem Winter überlassen.

„Wir werden sehen. Ich ziehe mich zurück und finde es heraus", sagte Frederik in der Hoffnung, dass der Priester verstand, was hinter seinen Worten lag.

Frederik wollte Aethel zu Rate ziehen. Außer dem Priester sollte aber niemand erfahren, dass ihm die alte Frau mit ihren Fähigkeiten zur Seite stand. Der Priester nickte und Frederik fühlte, dass er den Plan durchschaut hatte.

Er schritt los, um keine Zeit zu verlieren.

So ging er an den Männern vorbei und warf ihnen einen ausdruckslosen Blick zu.

Dann stutzte er.

Zuerst wusste er nicht, warum seine Aufmerksamkeit auf eine Hand gelenkt wurde. Doch als sich sein Blick klärte, starrte er wie versteinert auf einen Ring, der einen Finger schmückte. Schnell fühlte er in seinen Taschen nach, ob sich das Fundstück noch bei ihm befand und es sich nur um einen ähnlichen Holzring handelte, den er da gerade zu Gesicht bekommen hatte.

Seine Finger griffen ins Leere.

Stattdessen formten sie sich zu Fäusten.

Frederiks Körper nahm eine stählerne Haltung ein. Sicher konnte es sein, dass es mehrere Exemplare gab. Es konnte purer Zufall sein, solch einen Ring zum zweiten Mal zu sehen.

Frederik sah dem Mann ins Gesicht, der den Ring trug. Seine Gedanken schossen wie wild durch seinen Kopf.

Schließlich lockerten sich seine Fäuste und Frederik sagte sich, dass jetzt nicht der richtige Zeitpunkt wäre, einen Verdacht zu äußern.

Noch nicht.

Er wollte die Erlösung von Lory nicht riskieren, aber sein Gefühl ließ Frederik glauben, dass er gerade dem Mörder von Maggy Person gegenüberstand.

VIERZEHN

Gedankenverloren hatte Frederik den Weg zur Waldhütte eingeschlagen. Die Aussicht auf Frieden für Lory hüllte ihn ein, sodass er seiner Umwelt nur wenig Beachtung schenkte. Sobald er die Hütte erreichen würde, wollte er Aethel anweisen, das Ritual zu wiederholen. Sie sollte ihm Gewissheit geben, dass der Rachegeist von nun an besänftigt war.

Aber seine Gedanken wollten es nicht dabei belassen, ihm ein Hochgefühl durch Lorys Befreiung zu verschaffen. Er hatte in das Gesicht des Mörders geblickt. An einen zweiten Holzring, der zu einer Verwechslung führen konnte, glaubte er nun nicht mehr. Frederik hatte vielmehr erkannt, dass ihm sein Unterbewusstsein diese Möglichkeit vor Augen geführt hatte, um ihn in diesem Moment an einem Übergriff zu hindern.

Noch bevor er die Hütte zu Gesicht bekam, hörte er Stimmen. Das musste Alana sein. Dann hörte er noch ein Geräusch. Es war sehr leise, aber als Frederik erkannte, dass es die leisen Versuche eines kindlichen Lachens waren, lächelte er.

Sein Sohn. Welch herrliches Geräusch, seinen Sohn lachen zu hören.

Jetzt konnte er die Hütte zwischen den Bäumen sehen. Sie war nur wenige Schritte von ihm entfernt. Erstaunlich, wie schwer sie zu erkennen war.

Sogleich hatte ihn Alana bemerkt, nahm das Kind auf den Arm und kam in seine Richtung.

„Frederik. Wie schön, dass du wieder hier bist. Deinem Sohn geht es gut." Alana überreichte ihm den Jungen.

„Hallo, mein Kleiner", sagte Frederik und schmiegte seinen Sohn an sich. „Es scheint ihm tatsächlich gut zu gehen, Alana. Hab vielen Dank."

„Das mache ich gerne."

„Wo ist Aethel?", wollte Frederik wissen.

„Sie ist in der Hütte. Ihm geht es schlechter."

„Das tut mir leid." Frederik tat es wirklich leid, dass Aethels Mann im Sterben lag, aber das Ritual musste durchgeführt werden. „Glaubst du, sie kann das Ritual abhalten?"

„Sie hat sich sogar schon darauf vorbereitet."

Er kniff die Augen zusammen, als er die Hütte betrat. An den Geruch würde sich Frederik vermutlich niemals gewöhnen. Dann erblickte er Aethel, die bei ihrem Mann saß und gerade etwas an seinen Mund hielt. Die alte Frau ließ sich nicht ablenken und vollendete, was sie gerade tat. Dann erhob sie sich und stellte eine Tasse ab.

Erst jetzt widmete sie sich Frederik.

„Ist die Tote begraben?", fragte sie, in für Frederik mittlerweile gewohnten knappen Worten.

„Heute Morgen wurde sie beerdigt."

„Gut." Aethel ging zu der Feuerstelle, nahm ein Kraut in die Hand, was Frederik beim ersten Mal als Alant kennengelernt hatte und wollte es hinein werfen.

„Warte!", sagte Frederik. „Kannst du Lory gerade sehen?" Er ging näher an die alte Frau heran, da er wusste, dass sie seinen Sohn berühren musste, um den Geist seiner Mutter sehen zu können.

Aethel streckte ihre Hand aus und berührte den Jungen. Dann wandte sie langsam ihren Blick von einer Seite der Stube zur anderen.

„Nein. Ist nicht hier", sagte sie.

„Aber das ist doch ein gutes Zeichen", sagte Alana in erregtem Tonfall. „Das könnte bedeuten, dass sie frei ist."

„Das könnte es tatsächlich", sagte Frederik. Es war merkwürdig, aber Frederik verspürte Wehmut. Er dachte daran, dass sein Sohn und er sich noch hätten verabschieden können.

Rauch kroch über den Boden. Aethel hatte das Kraut in das Feuer geworfen. Frederik ging ein paar Schritte zurück und sah angespannt den stockenden Bewegungen von Aethel zu. Ihr Flüstern schien immer mehr Rauch herbeizurufen.

Dann stand sie still, den Kopf zur Seite geneigt, die Hände nach vorne ausgestreckt, als würde sie etwas in Empfang nehmen. Ihr Mund bewegte sich immerfort.

Langsam verstrich die Zeit.

Plötzlich sackte Aethel zu Boden. Alana lief zu ihr hinüber und hielt sie fest.

„Was sagst du?", fragte Alana. Sie schob ihr Ohr in die Nähe des Mundes der alten Frau.

So verharrte sie einen Moment, bis sie schließlich langsam den Kopf zu Frederik drehte. Ihre Hände stützten immer noch die alte Frau, die jetzt auf dem Boden kauerte.

„Sie sagt, es ist noch nicht vorbei, Frederik. Der Geist deiner Frau weint schrecklich."

„Nein!" In seiner Stimme lag Bestürzung. „Wir haben Maggy beerdigt! Wieso lässt sie meine Frau nicht gehen?"

Frederik trat an Alana heran. „Nimm ihn!"

Alana ließ vorsichtig von Aethel ab und nahm den Jungen.

Sobald Frederik seinen Sohn übergeben hatte, drehte er sich um und lief nach draußen. Die Türe ließ er offen. Er wollte keine Zeit verlieren und rannte so schnell er konnte durch den Wald. Jetzt kannte er den Weg gut genug, um sich nicht mehr auf ihn konzentrieren zu müssen. Er rannte und rannte, riss sich die Haut an den Händen auf, als er Sträucher streifte. Kam kurz aus dem Gleichgewicht, als er einen quer liegenden Baum übersah, aber er rannte immer weiter. Bald würde er das Dorf erreicht haben. Und dann würde er sich den Mörder von Maggy Person vorknöpfen.

Alana sah zuerst Frederik hinterher, dann richtete sich ihr Blick auf das kleine Bündel in ihren Armen.

„Was hat er nur vor?", fragte sie das Kind.

„Lauf hinterher. Er könnte Hilfe brauchen." Aethel streckte ihre Arme aus und nahm den Jungen an sich.

„Meinst du wirklich? Geht es dir gut?"

„Mach schon", sagte die alte Frau und wischte mit einer Hand in der Luft, als wollte sie eine Fliege vertreiben.

Alana drehte sich in der Tür noch einmal um und sah Aethel auf dem Boden sitzen. Den Jungen vor sich gestützt, versuchte sie ihn mit Grimassen zum Lachen zu bringen. Dann lief Alana Frederik hinterher.

Aethel blieb auf dem Fußboden sitzen und alberte mit dem Jungen. Dieser kleine Kerl erinnerte sie an ihre Zeit als Hebamme, die sie geliebt hatte. Wann immer sie ein Neugeborenes zur Welt gebracht hatte, war es ihr wie ein Wunder vorgekommen. Schlimm war es, wenn eine Geburt vollzogen werden musste, obwohl sie wussten, dass das Kind nicht ein einziges Mal seine Lungen mit Luft füllen würde.

Ihr ganzes Leben lang hatte sich alles um Kinder gedreht. Sie stand auf und nahm den Kleinen mit zu der Schlafstätte ihres Mannes. Sie hielt den Jungen so, dass ihr Mann ihn sehen musste. Ob er ihn wirklich sehen konnte, wusste Aethel nicht. Er war so schwach. Sie legte eine Hand auf seine Brust. Die leichten Bewegungen, die sie spürte, wenn er die Luft einsog und wieder ausatmete, beruhigten sie und gaben ihr ein gutes Gefühl.

Ein Lächeln legte sich auf ihr Gesicht und sie sah den Jungen an. Sie wusste aus ihrer Erfahrung, dass er gleich anfangen würde zu schreien. Der Hunger war ein ständiger Begleiter.

Aber diesmal würde er nicht aus den Brüsten von Alana trinken. Sie steckte einen ihrer Finger in seinen Mund und er nuckelte daran.

Das Kind war ein Geschenk. Nein. Es war Fügung, dass es jetzt hier war. Denn der Junge, der bereits mit der Totenwelt in Kontakt getreten war, würde die Kraft des Rituals verstärken.

Aethel küsste ihren Mann auf die Stirn. Dann trat sie hinaus in die Kälte und ging auf den Ziegenstall zu.

Als sie ihn betreten hatte, legte sie den Jungen ins Stroh. Dann ging Aethel zu den Ziegen und suchte sich die richtige heraus. Begleitet von dem Protest der Auserwählten, zog Aethel das Tier aus der Gruppe und achtete darauf, dass eine Sperre die anderen Ziegen fern hielt. Den Kopf der Ziege klemmte sie in eine Zarge, damit sie nicht mehr weglaufen konnte. Zur Beruhigung legte Aethel einen Tannenzweig vor das Maul und nach kurzer Zeit hörte der Lärm auf.

Behutsam nahm sie den eingewickelten Jungen auf und kniete sich mit ihm neben die kauende Ziege. Als sie ihre Arme ausstreckte, fand sein Mund eine Zitze. Der Junge umschloss sie und fing an zu saugen. Als Aethel ihn schlucken hörte, wurde sie nachdenklich.

Es war wichtig, dass der Junge vor ihrem Vorhaben die Kraft der Ziegenmilch empfing.

„Gut so, Kind", sagte Aethel.

Während der Junge trank, sang sie ein Lied.

Je länger sie dasaß, desto mehr Unruhe machte sich in ihr breit. Bedeutete es doch, dass sie gleich das Ritual vollziehen wollte, auf dessen Gelegenheit sie so lange gewartet hatte. Und beinahe wäre es ihr nicht mehr möglich gewesen. Doch dann ist Alana mit dem Kind vor ihrer Hütte erschienen.

Fügung!

Es war soweit.

Der Junge ließ die Zitze aus seinem Mund rutschen.

Aethel stand auf und setze sich mit bedächtigen Schritten in Bewegung. Die Ziege musste auf ihre Befreiung warten. Aethel wollte keine Zeit mehr vergeuden, denn ihre schwierigste Prüfung lag jetzt vor ihr.

Die Sonne hatte sich weiter gesenkt und Aethel ging auf dem Weg zur Hütte am Totenplatz vorbei. Sie schritt darüber hinweg und schon bald stand sie vor dem einzigen Laubbaum, der in dieser Gegend noch Blätter trug.

Sie hatte ihn vor einigen Jahren angepflanzt. Die Samen hatte sie aus der Holzkiste, die aus dem Besitz ihrer Linie stammte. Krähenauge. So hatten ihre Mutter und deren Mutter den Samen immer wieder genannt. Aethel sollte den Samen einpflanzen, sobald sie die Wirkung eines frischen Krähenauges benötigen würde. Krähenaugen hingen jetzt nicht mehr daran. Die hatte Aethel bereits in den warmen Monaten geerntet und in Gefäße gesteckt. Zwei hatte sie in die Holzkiste der Familie zurückgelegt.

Sie riss drei Blätter ab und steckte sie ein. Dann machte sie kehrt und verschwand in ihrer Hütte.

Den Jungen legte sie auf das Stroh, was Alana extra für ihn vorbereitet hatte. Seine Augen waren geschlossen und er sah zufrieden und satt aus.

Dann ging Aethel zu ihren Mixturen und Kelchen und zermalmte die eben gepflückten Blätter in einem Mörser. Immer wieder spuckte sie hinein und stampfte alles zu einer dicken Masse. Aus einem Holzgefäß fischte sie vorsichtig eines der im Sommer geernteten Krähenaugen und legte es in einen Holzbecher. Die Samen der Brechnuss konnten leicht aufspringen, was Aethel unbedingt verhindern wollte. Erst später sollte sich das Innere des Samens im Becher verteilen.

Sie fing an zu schluchzen. So lange hatte sie nicht mehr geweint, aber jetzt konnte sie die Tränen nicht zurückhalten.

Sie schüttete den grünen Brei aus dem Mörser in den Becher. Nun brauchte sie noch heißes Wasser.

In kurzer Zeit hatte sie ihren Topf mit etwas Schnee gefüllt und ihn über das Feuer gehangen.

Während sie darauf wartete, dass es anfing zu kochen, weinte sie erneut.

Mit getrübten Augen zupfte sie an einigen der getrockneten Kräuter, die von der Decke hingen und legte alles zu einem Bündel.

Das Wasser kochte.

Ihre Hand, mit dicken Leinen umbunden, ergriff den Topf. Aethel goss das heiße Wasser in den Becher. Nun musste der Trank nur noch etwas abkühlen und seine Wirkung entfalten.

Als der Dampf weniger wurde, ging sie mit dem Becher zu ihrem Mann und setzte sich neben ihn. Ihre rechte Hand stützte seinen Nacken und schob seinen Kopf etwas hervor. Mit der linken Hand führte sie den Becher an seinen Mund.

Sie zitterte, sodass ein paar Tropfen feuchte Stellen auf seinem Oberkörper hinterließen.

„Wirst sehen", sagte sie und flößte ihrem Mann den giftigen Tee ein.

Zweimal sah sie Schluckbewegungen. Als dann aber das grüne Wasser an seinen Mundwinkeln herab lief, stellte sie den Becher zur Seite und ließ seinen Kopf sinken. Nun ruhte ihre linke Hand auf seiner Brust.

Als sich sein Brustkorb zum vierten Mal senkte, blieb er in dieser Position und der Körper erschlaffte.

Aethel sah ihn stumm an. Dann öffnete sie seinen Mund und ging zum Feuer. Auf dem Weg dorthin, griff sie nach dem Bündel Kräuter und warf es in die Flammen.

Sogleich eilte sie zu dem Jungen im Stroh, nahm ihn auf den Arm, um sich kurz darauf bei ihrem Mann wieder niederzulassen.

Rauch quoll aus dem Feuer und über den Boden.

Den Jungen legte Aethel auf den Oberkörper ihres Mannes. Anschließend umarmte sie beide und schloss ihre Augen. „Hört mich an", begann sie ihr Ritual.

Ihr Körper zuckte und der Junge fing an zu weinen.

„Ich suche einen starken Geist. Fahre in den Körper meines Mannes und lasse ihn auferstehen. Vertreibe seine Krankheit und bringe ihn erstarkt zurück zu mir."

Sie öffnete ihre Augen und erkannte die graue Totenwelt. Schatten flogen umher. Aethel sandte ihre Gedanken aus, um gute Geister zu erreichen. Sie musste stark bleiben und durfte die bösen Geister nicht fordern. Es war kräftezehrend, aber schon bald verharrte ein Schatten vor ihr.

Aethel wurde von einem wohligen Gefühl durchzogen. „Bist du es, der in meinem Mann weiterleben möchte?" Sie streckte dem Schatten eine Hand entgegen. „Komm zu uns. Fahre in den Körper meines Mannes und lasse ihn wiederkehren. Ich bitte dich."

Plötzlich schoss der Schatten auf die Schlafstätte zu und verschwand in dem offenen Mund des toten Mannes.

„Ich schließe die Pforte!" Mit diesen Worten beendete Aethel das Ritual und drückte den Mund ihres Mannes zu. Den Jungen nahm sie von seinem Bauch und wiegte ihn in ihren Armen. „Schschsch. Ich danke dir. Schschsch."

Lächelnd vor Glück, weil ein neuer starker Geist in ihren Mann gefahren war, summte sie erneut ein Lied.

Der Junge beruhigte sich.

Der Rauch war bald verschwunden.

Dann schlug ihr Mann die Augen auf.

FÜNFZEHN

Nur wenige Dörfler waren Frederik begegnet. Einige hatten ihn gar gegrüßt. War er ja vom Dorfsprecher wieder anerkannt und im Dorf willkommen.

Er kochte vor Wut, aber dennoch musste er abwarten. So wartete er in einer schmalen Gasse, die sich an die First Lane anschloss. Im Schutze einer Mauer. Ungeduldig schritt Frederik hin und her. Immer wieder lauerte er zu dem großen Haus. Frederik war sich sicher, dass er nicht mehr lange warten musste. Schon bald würde Bradley Stokes sein Haus verlassen, um in den Thirsty Bird einzukehren und sich zu besaufen. Aber heute würde dieser Dreckskerl keinen einzigen Tropfen bekommen.

Als Frederik erneut um die Mauerecke lauerte, war Stokes bereits auf die Straße getreten.

Mit wichtigem Gang kam er die First Lane herunter geschritten. Gleich würde er an der schmalen Gasse vorbeikommen, in der Frederik lauerte.

Um nicht in Stokes Blickfeld zu fallen, drückte Frederik sich an die Mauer. Er schätzte, dass gute drei Schritte nötig waren, um an ihn heranzukommen.

Er konnte Stokes bereits hören.

„Verdammtes Weib! Will einfach nicht einsehen, dass ein Mann trinken muss. Pah!"

Frederik stürmte los.

Er befand sich jetzt hinter Stokes.

Einen Arm legte Frederik um den dicken Hals, der andere umschloss den Mund.

Stokes biss zu.

„Ah!" Frederik riss seinen Arm los, ließ den anderen aber umschlungen. Er drückte noch fester zu.

Rückwärts gehend wollte er Stokes in die Gasse zerren. Aber der dicke Mann ließ sich einfach fallen und befreite sich so aus der Halsklemme.

Stokes keuchte. Dann schrie er: „Verdammter Hund! Hilfe!"

Frederik holte aus und trat mit voller Wucht gegen seinen Rücken.

Stokes krümmte und wälzte sich auf dem Boden.

Frederik kümmerte sich jetzt nicht mehr um seinen Plan, Stokes in der Gasse auszuquetschen.

Er brachte sich über ihn in Stellung und schlug ihm mehrmals ins Gesicht.

Stokes erhob seine Hände zum Schutz, wodurch er aber nicht alle Schläge abwehren konnte.

Eine blutige Wunde zeichnete sich auf seinem Gesicht ab.

Frederik zwang sich, mit den Schlägen inne zu halten. „Willst du noch mehr?"

„Nein! Bitte." Stokes jammerte. „Was willst du?"

„Du hast Maggy Person umgebracht." Frederik schlug Stokes erneut ins Gesicht.

„Hör auf. Bitte, bitte."

„Erzähl mir, was du mit ihr angestellt hast." Frederik hatte Stokes da, wo er ihn haben wollte und wartete mit dem nächsten Schlag. Stokes sollte reden.

Frederik hörte entfernte Rufe, kümmerte sich aber nicht weiter darum.

„Ich musste sie töten. Verstehst du?" Stokes spuckte Blut aus. „Sie wollte nicht fortbleiben und ist hier aufgekreuzt. Hat unser Kind ins Findelhaus gebracht, hat sie erzählt. Ich wäre niemals Deaclans Nachfolger geworden."

Frederik bemerkte jemanden an seiner Seite.

„Was erzählst du da?" Es war die Stimme von Sophie.

Stokes Frau.

„Du Mistkerl hast das arme Mädchen getötet? Hast sie zuerst geschunden und dann umgebracht?" Sie trat an ihn heran und spuckte ihm ins Gesicht. „Dafür hast du den Tod verdient!"

Stokes heulte jetzt lautstark los und lag zusammengekauert im Dreck.

Frederik ging ein paar Schritte zurück. Er wollte Sophie nicht aufhalten, bei dem, was auch immer sie jetzt vorhatte. Aber sie sah ihren Mann einfach nur voller Verachtung an.

SECHSZEHN

Alana hatte Frederik nicht mehr vor der Dorfbegrenzung einholen können. Jetzt streifte sie umher und fragte jeden, dem sie begegnete, ob ihn jemand gesehen hatte.

Als sie am Richterplatz angekommen war, liefen mehrere Leute in hohem Tempo an ihr vorbei. Sogar Kinder waren dabei. Sie stellte sich einer Frau in den Weg. „Was ist los? Wohin lauft ihr alle?"

„Nicht gehört? Auf der First Lane hat es einen Angriff gegeben!" Die Frau lief weiter und Alana schloss sich dem Trupp an.

Nach kurzer Zeit erreichten sie die First Lane. Alana lief auf mehrere Personen zu, die bei der kleinen Gasse, nahe des Hauses von Deaclan Smyth, beieinander standen. „Frederik!" Dann stand sie bei ihm. „Mister Stokes? Ist Ihnen etwas zugestoßen?", fragte Alana.

„Sparen Sie sich die sorgenvollen Worte", sagte der Dorfsprecher.

Er, Frederik, Sophie Stokes und zwei weitere Kerle, standen um Bradley Stokes herum.

Die Menge, mit der Alana hierher gelaufen war, bildete einen Halbkreis um das Geschehen.

„Also, Bradley. Du wirst jetzt in Gewahrsam genommen und dir wird ein Prozess gemacht", sagte der Dorfsprecher. Zu den zwei Kerlen sagte er: „Bringt ihn in die vergitterte Kammer."

Gemurmel und lautstarkes Fluchen waren jetzt von den Umherstehenden zu hören.

Frederik nahm Alana an seine Seite. „Stokes hat Maggy ermordet."

„Was?"

„Er hat es bereits zugegeben und wird nun verurteilt." Frederik schaute den weggehenden Männern hinterher, die Bradley Stokes fest im Griff hielten. „Ich weiß jetzt, warum ihr Geist noch nicht besänftigt ist. Lass uns gehen. Ich erzähle es dir."

Sie setzten sich von der Menge ab und gingen zurück in Richtung Dorfmitte.

„Wo ist mein Sohn?"

„Aethel sorgt für ihn bei der Hütte. Mach dir keine Sorgen, sie kennt sich aus. Aber erzähl, was du erfahren hast."

„Gibt es hier ein Findelhaus in der Nähe?"

„Das Children's Hope. In Fairfield. Es ist vielleicht einen Tagesmarsch von hier entfernt."

„Gut. Da müssen wir hin. Dort hat sie ihr Kind gelassen."

Alana verringerte das Tempo. „Du meine Güte. Dann hatten sie eine Beziehung?"

„Nein. Er hat sie geschunden und wie Abschaum behandelt. Vermutlich aus dem Dorf getrieben, damit sie seinen Plänen nicht in die Quere kommt." Frederik seufzte. „Und als sie ihm dann von dem Kind erzählte, ist er zum Mörder geworden."

Beide schwiegen für eine Weile. Dann sagte Frederik: „Wir holen das Pferd und den Wagen.

Meinen Sohn nehmen wir auch mit. Er könnte die nötige Überzeugungskraft liefern, damit uns die Schwestern das Kind überlassen. Hoffen wir, dass Maggy ihren richtigen Namen genannt hat. Sonst dürfte es schwer werden, das Kind zu finden."

„Da gehe ich von aus. Sie war immer ehrlich und aufrichtig. Vermutlich brauchen wir auch gar nicht solche Überzeugung zu leisten. Ich hab gehört, dass Findelhäuser um jedes Kind froh sind, das sie in eine Familie geben können."

Frederik widerfuhr ein innerlicher Schmerz.

Familie.

Stokes hatte seinem Sohn die Möglichkeit genommen, bei einer liebenden Mutter aufzuwachsen.

Brenne in der Hölle, dachte Frederik.

Das Feuer züngelte im Kamin. Es war immer noch warm genug in der Hütte, aber als Frederik mit Alana hineintrat, legte er sofort ein Holzscheit nach.

Sein Sohn lag schlafend auf seinem Strohplatz.

„Er ist wach!"

Frederik fand, dass Aethels Stimme ungewöhnlich fröhlich klang.

Alana ging schnell an Frederik vorbei und blieb vor der Schlafstätte des Mannes stehen. Sie sagte nichts, fixierte eine Stelle. Frederik kam ihr hinterher. Kurz stockte ihm der Atem, als er den alten Mann zu Gesicht bekam. Noch nie zuvor hatte er solche Augen gesehen.

Sie waren vollkommen grau. Kein schwarzer Fleck mehr in der Mitte, der normalerweise in einem Auge zu sehen war. Und trotzdem konnte Frederik erkennen, dass sich die Augen bewegten. Vermutlich, weil das Grau in der Mitte etwas dunkler war.

Es fröstelte Frederik, als er erkannte, dass er gerade von den grauen Augen angestarrt wurde.

„Das...Das ist wunderbar", sagte Alana. „Aber er sieht immer noch sehr krank aus. Wir könnten den Arzt aus dem Dorf zu Rate ziehen."

„Nein!", sagte Aethel. „Scharlatan."

Sie strich ihrem Mann über die Stirn, worauf er ihr mit merkwürdigen Geräuschen entgegnete. Er versuchte wohl zu sprechen, was sich im Moment eher noch wie ein Grunzen anhörte. „Braucht nur Zeit. Er muss sich weiter erholen."

Frederik wollte es dabei belassen und erinnerte Alana an seinen Plan. „Sie kann sich um ihn kümmern. Mache du meinen Sohn reisebereit. Ich gehe das Pferd vor den Wagen spannen. Wenn wir noch heute Abend aufbrechen, sind wir morgen früh wahrscheinlich am Findelhaus."

Alana blickte mit sorgenvollem Gesicht zwischen Aethel und dessen Mann hin und her. „Ja, ist gut", sagte sie dann zu Frederik.

„Packe auch etwas Proviant ein." Mit diesen Worten verließ Frederik die Hütte.

SIEBZEHN

Alana hatte Frederik die Strecke zum Findelhaus beschrieben. Sie selber hielt sich im Inneren des Wagens auf und hütete den Jungen.

Sie waren schon eine Weile unterwegs und Frederik machte sich Gedanken darüber, ob der Rachegeist von Maggy jemals besänftigt werden konnte. Vielleicht war er zu erbost darüber, was Stokes getan hatte. Frederik hoffte darauf, Maggys Kind finden zu können. Aber was war dann der nächste Schritt?

Er konnte nicht einfach das Kind auf ihrem Grab ablegen. Sicher wollte Maggy Person wieder mit ihrem Kind vereint sein. Aber Maggy war tot und das Kind lebte.

Frederik erschrak über seinen nächsten Gedanken.

Sein Junge schrie und Frederik wurde bewusst, dass sie den Großteil der Nacht hinter sich gelassen hatten. Am Horizont zeichnete sich bereits der Sonnenaufgang ab.

„Ist alles in Ordnung da drinnen?"

„Dein Sohn hat Hunger. Alles in Ordnung. Ich kann ihm noch etwas geben", sagte Alana.

Nach einiger Zeit schaute sie aus der Plane und hielt Frederik ein Stück trockenes Brot entgegen. „Du musst auch etwas essen."

Dankbar nahm Frederik die Nahrung an.

„Dort ist es", sagte Alana. „Ich erkenne die Gabelung."

„Gut", sagte Frederik. „Hör mir zu, Alana. Du bist meine Frau und er ist unser Sohn." Er nickte in das Wageninnere.

„Und was sagst du ihnen, wenn sie nach seinem Namen fragen, Frederik?"

Darüber dachte er einen Moment nach.

„Er heißt Jacob", sagte er.

„Das ist ein schöner Name, den du dir überlegt hast", sagte Alana. „Hieß dein Vater so?"

„So hieß ein guter Freund, der viel zu früh sterben musste."

Als sie in den Torbogen einfuhren, besah Frederik sich das mehrstöckige Anwesen. Efeu belagerte die Mauern und umrahmte die vielen Fenster. Noch nie zuvor hatte Frederik einen solch auffallenden Bau gesehen.

Eine Glocke läutete, die Frederik auf dem Dach ausmachen konnte. Vermutlich wurden die Kinder zum Morgengebet gerufen.

Um das Anwesen herum erstreckte sich eine Wiese bis hin zu dichten Baumreihen, die das ganze Gelände eingrenzten.

Frederik hielt den Wagen an, stieg ab und blockierte die Räder. Alana gab ihm Jacob. Dann kletterte sie ebenfalls vom Wagen. Da hörten sie auch schon jemanden über den Kiesweg kommen.

„Wir haben keine Abgeber erwartet! Bitte verzeihen Sie, wenn uns diese Information nicht weitergereicht worden ist."

„Seien Sie unbesorgt. Mein Mann und ich sind nicht hier, um Ihnen ein weiteres Kind zu bringen."

Frederik bemerkte den überaus freundlichen Tonfall in Alanas Stimme. Und die Frau in älteren Jahren wirkte sichtlich erleichtert, dass sie nichts für diesen Morgen übersehen hatte. Ein guter Anfang, um den Plan umsetzen zu können und das Kind von Maggy Person in ihre Obhut zu bekommen.

„Da bin ich aber froh. Mein Name ist Schwester Margot. Bitte begleiten Sie mich in die Vorhalle. Dort können wir ihr Anliegen bereden."

Sie beschrieb eine einladende Geste und musste dann schnellen Schrittes an Frederik und Alana vorbei, um wieder die Führung zu übernehmen.

Sie traten in das Anwesen und fanden sich in einem großen Raum wieder, den Schwester Margot vorhin als Vorhalle benannt hatte. Ein angemessen großer Kamin war entzündet. Man merkte, dass er gute Dienste leistete.

Überhaupt hatte Frederik das Gefühl, dass hier versucht wurde, es den Waisen und Findelkindern so heimelig wie möglich zu machen. Holzpferde und anderes Spielzeug standen ordentlich aufgereiht und warteten darauf, benutzt zu werden. Einige Fenster waren mit Glasmalereien versehen.

Schwester Margot goss ungefragt Tee in zwei Tassen und hielt sie ihnen entgegen. „Trinken Sie den Tee. Er wird ihre innere Kälte vertreiben."

Frederik nahm den Tee dankend an. Auch Alana zögerte nicht.

„Haben Sie vielen Dank. Den Kindern muss es hier wirklich gut ergehen, mit Ihnen an der Seite", sagte Frederik und machte sich bereits Vorwürfe. So ein gutes Seelenhaus, was für die armen Kinder einstand. Und er würde eines der Kinder für seine Zwecke diesem ruhigen Ort entreißen müssen.

„Haben Sie vielen Dank. Ihr Neugeborenes wollen Sie also nicht in unsere Obhut geben?" Schwester Margot bedeutete ihnen, sich zu setzen. „Oh, verstehen Sie mich keineswegs falsch. Ich bin froh, wenn Kinder bei ihren Eltern bleiben können." Mit erhobenem Zeigefinger fuhr sie fort. „Solange es ihnen nicht allzu schlecht ergeht!"

„Nein, nein. Mein Mann und ich, wir haben uns beredet, dass es schön wäre, ein zweites Kind zu haben."

Frederik kam kaum zu Wort. Er hatte sich vorgestellt, dass er das Gespräch führen würde. Aber Alana machte das sehr gut. Sie schien dieselbe Sprache wie Schwester Margot zu sprechen und so hielt er sich zurück.

Doch Alana schien noch nicht soweit gedacht zu haben, wie Frederik es getan hatte und weswegen sein Gewissen so schrecklich rebellierte. Der Tod des Kindes, um Maggys Geist endlich zu besänftigen.

„Nun, Sie machen mir nicht den Eindruck, dass es dabei Probleme geben könnte", sagte die Frau und zwinkerte dabei mit einem Auge.

Frederik kam ein Einfall. „Wir haben unsere Freundin Maggy Person vor kurzem getroffen und sie sagte uns, dass sie ihr Kind hierher bringen musste, weil die Umstände nicht gut standen für das Kleine. Wir sollen Sie auch schön grüßen."

„Maggy Person?" Schwester Margot sah nachdenklich aus.

Frederik spannte sich an. Das war der Moment, in dem die Lüge sie auffliegen lassen oder glaubhafter machen würde.

Alana übernahm Frederiks Idee. „Vor einigen Wochen hat sie an Ihre Tür geklopft und Ihnen ihren Säugling schweren Herzens übergeben."

„Ja, natürlich! So ein zerbrechliches Wesen. Aber sagen Sie mir, wie hieß das Kind denn?"

Die Frage hatte Frederik befürchtet. Er hatte überlegt, einfach irgendeinen Namen zu nennen, aber er wusste ja noch nicht einmal das Geschlecht. Dennoch musste er das Vertrauen aufrechterhalten, das ihnen die Frau entgegenbrachte. Er musste ein Risiko eingehen. Vielleicht hatte er Glück und Schwester Margot konnte sich gar nicht mehr an den Namen des Kindes erinnern.

„Rachel", sagte Frederik.

Mit kritischem Blick sah die Schwester ihn an. Dann wandte sie den Blick zu Alana und wieder zurück zu Frederik.

„Und Sie möchten Maggys Kind adoptieren?"

Irgendetwas hatte sich verändert, dachte Frederik. Er merkte den Abstand, den Schwester Margot zwischen sie brachte.

Alana antwortete mit unveränderter Stimmung: „Ja. Das wäre unser größter Wunsch. Und auch Maggy wäre es sehr recht."

„Bitte verlassen Sie dieses Haus!"

Eine Strenge schlug Frederik entgegen, die nicht zu der Schwester zu passen schien.

„Ich erinnere mich jetzt gut an Maggy. Und auch an ihr Kind, welches im Übrigen Clif heißt. Sie haben nie mit Maggy gesprochen!" Erregt erhob sich die

Schwester. Ihr Blick verriet, dass sie dasselbe von Frederik und Alana erwartete. „Ich weiß nicht, was Sie wirklich wollen, aber Sie sollten sich schämen, auf diese Weise zu versuchen, ein Kind in Ihre Obhut zu bekommen." Dann sah sie Jacob an. „Haben Sie so auch das da ergaunert?" Schwester Margot ließ ihnen keine Zeit zum Antworten. Stampfend ging sie zur Tür und hielt sie ihnen auf.

„Hinaus!"

Frederik wusste nicht, wie er handeln sollte und ging zur Tür. Alana hingegen versuchte die Schwester zu besänftigen. „Hören Sie. Es tut uns leid. Wir führen nichts Schlimmes im Schilde."

„Hinaus!"

Mit gesenkten Köpfen verließen sie die Vorhalle und traten nach draußen. Mit einem satten Knall ging die Tür hinter ihnen zu.

Beide drehten sich um und starrten auf das Haus.

Frederiks Hoffnung war verschwunden. In diesem Haus lag die letzte Möglichkeit verborgen, Lory zu befreien. Seine Gedanken formten Ideen, wie er Clif aus dem Anwesen holen konnte.

Dann sagte Alana etwas, worüber Frederik froh war. Denn sein letzter Gedanke war mit Gewaltanwendung verbunden.

„Wenn ich Schwester Margot wäre, müsste ich jetzt sofort nach dem Jungen sehen, ob es ihm gut geht."

Noch verstand Frederik nicht, wie ihnen das helfen sollte.

„Wir müssen Margot dabei beobachten, wohin sie geht und nach welchem Kind sie dann sieht."

Frederiks Gesicht hellte sich auf. „Das könnte funktionieren! Ich schleiche mich wieder rein und folge ihr."

Kurze Zeit später stellte Frederik fest, dass sich die Tür von außen nicht öffnen ließ. „Schnell, suchen wir ein offenes Fenster."

Sie liefen um das Anwesen herum. Einer zu jeder Seite. Als sie sich schließlich auf der Rückseite trafen, blickte Frederik verblüfft auf eine kleine Holztür, die geöffnet war. „Das ist es. Ich gehe rein. Bereite du den Wagen auf unseren Aufbruch vor."

Sie nickte und lief zurück zur Vorderseite.

Frederik betrat achtsam den Raum hinter der Tür und stand in einer Küche, in der niemand zugegen war. Er durfte jetzt keine Zeit verlieren, musste aber auf der Hut sein. Und so ging er zügig voran. Durch eine weitere Tür und an einem Treppenaufgang vorbei. Er versuchte sich zu orientieren, wo die Vorhalle lag. Bei den vielen Gängen und Türen war das keinesfalls leicht.

Plötzlich hörte er jemanden sprechen.

„...damit wir vor solchen Ganoven sicher sind. Bereite bitte auch die Mittagssuppe gleich vor. Ich gehe kurz nach oben."

Margots Stimme. Und sie wollte nach oben. Es konnte also wirklich sein, dass sie nach dem Jungen sehen wollte. Gab es mehr als die Treppe, an der er eben vorbeigekommen war?

Die Antwort gaben ihm die Schritte einer Person. Jemand kam direkt auf ihn zu. Frederik sah einen Vorhang, hinter dem er gerade noch rechtzeitig verschwand, bevor Margot um die Ecke trat. Zügig ging sie an ihm vorbei. Dann hörte Frederik die Treppe knarzen.

Er lauerte vom Vorhang aus und sah, wie Margot nach oben ging. Er schlich hinterher und stand dann am Fuße der Treppe. Nicht jeder Schritt hatte vorhin geknarzt, als Margot hinauf gegangen war. Sachte verlagerte Frederik sein Gewicht auf die erste Stufe.

Kein Knarzen.

Das gleiche machte er bei der nächsten Stufe.

Bevor das Knarzen zu laut wurde, hob er seinen Fuß und setze ihn eine Stufe höher an. Mit diesem Vorgehen schaffte es Frederik endlich, in den ersten Stock zu gelangen.

Der linke Teil des Flures war leer. Dann sah er nach rechts und konnte sehen, wie Margot in einem Zimmer am Ende des Flures verschwand.

Er eilte hinterher. Die Tür wurde vor seiner Nase geschlossen. Leise und langsam. Vermutlich wollte Margot das Kind nicht wecken, sollte es gerade schlafen.

Frederik bückte sich und sah durch das Schlüsselloch.

Margot entfernte sich von der Tür. Langsam legte sie so Frederiks Blick frei. Nach und nach konnte er mehr vom Raum hinter der Tür erkennen.

Überall standen Wiegen und eine weitere Schwester war zu sehen.

Margot blieb vor einer Wiege stehen und beugte sich hinab.

Das musste Clif sein, dachte Frederik.

Kurz darauf drehte sich Margot herum.

Sie schritt auf die Tür zu. Frederik zog sich vom Schlüsselloch zurück und eilte auf Zehenspitzen drei

Türen weiter, die in entgegengelegener Richtung zum Treppenaufgang lagen. Dort zog er sich in eine Nische zurück.

Margot ging den Flur entlang. Kurze Zeit später vernahm Frederik das Knarzen der Treppe.

Er wusste jetzt, wo Clif zu finden war und musste nur noch an ihn herankommen. Aber wie sollte er das anstellen? Abzuwarten würde es nicht günstiger machen.

Also ging er zurück zu der Tür vor dem Wiegenzimmer und trat entschlossen ein.

„Huch!" Die Schwester erschrak, als er so plötzlich die Tür öffnete. Was Frederik gehofft hatte. „Entschuldigen Sie bitte mein Hereinstürzen, aber Schwester Margot hat nicht erwähnt, dass hier noch jemand zugegen ist. Noch dazu eine so hübsche Person wie Sie." Das sollte reichen.

„Schwester Margot hat Sie hergeschickt?"

„Ich soll nur kurz nach der Wiege von Clif sehen. Sie sei etwas wackelig", sagte Frederik.

„Na schön. Also, dann machen Sie nur. Aber seien Sie, in Gottes Namen, bitte etwas leiser."

Frederik ging zu der Wiege, an der Margot eben ausgeharrt hatte. Und als kein Einwand von der anderen Schwester kam, war er sicher, Clif vor sich liegen zu haben.

Der Junge schlief.

Frederik tat so, als befühle er die Wiege von allen Seiten. In Wirklichkeit schlug er auf jeder Seite das Leinen über dem kleine Bündel zusammen. Er hatte vor, wenn auch behutsam, Clif einfach aus der Wiege zu nehmen und aus dem Zimmer zu schmuggeln.

Wie ein Wolf auf der Lauer, sah Frederik ohne seinen Kopf zu drehen in Richtung der Schwester. Sie ging die Wiegen ab und war fast am Ende angekommen. Genug Abstand, um ein kleines Bündel übersehen zu können.

Frederik nahm Clif auf und hielt ihn dicht an seinen Körper. Er brachte das Bündel so in Position, dass die Schwester es nicht so einfach erblicken konnte. „Alles in Ordnung. Ich wünsche Ihnen noch einen schönen Tag."

Die Schwester sah auf und nickte freundlich. Da sie gerade in eine Wiege gebeugt war, beachtete sie Frederik nicht weiter. So konnte er langsam zur Tür gehen, um den Raum zu verlassen.

Eilig ging er zur Treppe und schlich hinunter. Die knarzenden Stufen hatte er sich vorhin eingeprägt. Er überstieg sie einfach. Am Treppenabsatz angekommen entschied er sich, durch die Vorhalle das Haus zu verlassen, da er vermutete, Schwester Margot würde sich in der Küche aufhalten und weitere Instruktionen geben.

Schnell und bemüht, keine Geräusche zu verursachen, schlich er die unteren Flure entlang, die seiner Einschätzung nach in der Vorhalle enden mussten.

Und schon bald nahm er die Wärme war, die der Kamin in der Vorhalle verbreitete.

Ohne Probleme konnte er die Eingangstür öffnen und das Anwesen verlassen. Gott, wie einfach es war, ein Kind zu stehlen.

Alana hatte den Wagen in Fahrtrichtung gestellt.

„Nimm ihn mir ab, Alana." Er gab ihr das Kind und kletterte auf den Bock. Dem Rappen gab er einen Ruck. Zügig fuhr der Wagen durch den Torbogen davon.

ACHTZEHN

Ihr Mann machte große Fortschritte. Er wackelte mit dem Kopf. Seine Arme kreisten immer wieder in der Luft. Fielen dann zurück auf seinen Bauch. Das Sprechen klappte noch nicht, aber Aethel war überglücklich, ihren Mann so zu sehen. Nach einer langen Zeit der Angst vor dem Verlust ihres geliebten Mannes. Und dann die letzte notwendige Tat, zu der sie sich überwunden hatte. Das alles würde nun belohnt werden. Sie konnte wieder mit ihrem Mann das Leben fortsetzen, was sie beide so liebten. Hier in ihrer Waldhütte.

Ein wenig mehr Ziegen würden sie vielleicht züchten und ein paar Hühner wären nicht falsch.

Dann schwang sein Oberkörper nach oben und fiel beinahe auf seine Knie. Er taumelte vor und zurück.

„Du kannst sitzen!" Aethel kamen Tränen vor Glück. Schnell stützte sie ihn ab. Er schaute sie an und gab einen Sprechversuch ab. Ungestüm wurden seine Kopfbewegungen. Dann hob er seine Arme und betastete Aethel, wo er sie erreichen konnte.

Sie konnte sich nicht mehr halten vor Freude und umarmte ihren Mann.

Seine Arme legten sich um ihren Kopf und Rücken.

Plötzlich biss er ihr ins Gesicht.

Aethel schrie. Versuchte sich loszureißen.

Er biss erneut zu. Diesmal in den Hals. Blut quoll aus den Wunden und Aethel konnte vor Schmerzen nicht begreifen, was gerade geschah.

Ein dritter Biss. Diesmal tiefer in ihr Fleisch. Mit wilden Bewegungen zerrte er an der Bisswunde, bis Aethel ein handgroßes Stück ihres Halses fehlte.

Dann kam sie frei, stürzte jedoch zu Boden. Ihr Blick wurde trüber, aber sie schleppte sich kriechend bis zur Tür. Hinter sich hörte sie ein Poltern. Sie ahnte, dass ihr Mann das Bett verlassen hatte, weil er mehr von ihr wollte. Mit großer Anstrengung konnte sie die Tür einen Spalt weit öffnen, fiel dann aber wieder zu Boden. Bis zum Bauch lag ihr Körper nun außerhalb der Hütte. Noch einmal atmete sie tief die Winterluft ein. Ein Gedanke schoss ihr durch den Kopf. Sie hatte vergessen, beim Ritual die Alantwurzel gegen böse Geister ins Feuer zu werfen. Ein dunkler Geist musste in ihrem Mann stecken. Die Schmerzen nicht mehr spürend, schloss sie ihre Augen in der Gewissheit, dass ihr Mann ihr so etwas niemals angetan hätte. Dann wurde an ihr gerüttelt und gezerrt.

Ihr Mann hatte begonnen, sie aufzufressen.

NEUNZEHN

Sie hatten einen großen Teil der Strecke hinter sich gelassen, als Frederik aussprach, was ihn innerlich zerriss. „Alana!", sagte er über die Fahrgeräusche hinweg.

Sie steckte den Kopf aus der Plane. „Sind wir da?"

„Noch nicht. Hast du einen Moment?"

„Ja. Beide sind eingeschlafen", sagte sie.

„Was erwartet der Rachegeist nun von uns? Reicht es Maggy, dass ihr Sohn in ihrer Nähe ist?"

Alana kletterte zu ihm auf den Bock. „Das habe ich mich auch gefragt, Frederik. Und ehrlich gesagt, weiß ich es nicht."

Beide schwiegen einen Moment.

„Ich fürchte, Maggy verlangt, ihn für immer bei sich haben zu können", sagte er.

Alana sah ihn an. „Du willst ihn opfern?"

„Nein. Das will ich nicht! Herrgott! Ich würde alles für Lory tun, aber ich kann doch kein Kind töten."

„Das wäre wirklich das Schlimmste, was sie verlangen könnte", sagte Alana und fuhr mit tröstender Stimme fort: „Es sterben viele Kinder in diesem Alter. Und er ist ein Waise. Vielleicht wäre es sogar besser, er müsste nicht in dieser Welt zurechtkommen."

Frederik schwieg. Er könnte Clif nicht opfern. Er dachte daran, dass Alana wahrscheinlich schon viele tote Kinder erleben musste.

Konnte sie es?

Das schwarze Pferd hielt direkt vor dem Grabeshügel.

„Ich will, dass du hier im Wagen mit Jacob bleibst", sagte Frederik und stieg ab.

Ständig den Hügel im Blick, ging er zur Rückseite des Wagens und streckte seine Arme aus. Alana hielt ihm Clif entgegen.

„Sollte nichts weiter geschehen, kannst du mir hinterherkommen. Dann werde ich deine Hilfe brauchen.

Alana nickte schweigend. Frederik ahnte, dass sie verstanden hatte, um welche Art der Hilfe er sie bitten würde.

Er ging wieder zur Vorderseite, kramte eine Fackel aus dem Seitenfach. Nachdem sie entzündet war, ging er den Hügel hinauf.

Der Schnee zog kräftig an seinen Beinen. Clif hielt er sorgsam mit einem Arm umklammert.

Je weiter Frederik den Hügel empor stieg, desto unruhiger wurde der Junge. Zwar schlief er noch, bewegte sich aber immer kräftiger in Frederiks Arm.

Dann standen sie vor dem Grab von Maggy Person.

Frederik fror. Der Wind hatte zugenommen. Der Schnee peitschte ihm ins Gesicht.

Doch auf einmal war es still. Frederik spürte keinen Wind mehr und der Schnee hatte aufgehört zu fallen. Es war merkwürdig, denn Frederik konnte an den nicht weit entfernten Bäumen erkennen, dass der Wind immer noch blies.

Clif fing an zu schreien.

ZWANZIG

„Hätte nicht gedacht, dass du so n Dreckskerl bist, Bradley. Haste sie wirklich abgemurkst? Unter uns. Sie war ja schon keine schlechte Partie."

Stokes wurde hellhörig. Vor den Gitterstäben saß Tucker Mills in dem kleinen Raum und schaute ihn durch die Abtrennung an. Er war als erster eingeteilt worden, um ein Auge auf Bradley zu werfen. Lächerlich. Was sollte er schon unternehmen, um hier rauszukommen?

Anders lagen seine Chancen auf Befreiung, gerade weil sie ihm jemanden zur Seite stellten, der auf ihn aufpassen sollte. Noch dazu Tucker Mills, der nicht unbedingt ein unbescholtener Dorfbewohner war, wie Bradley wusste.

Smyth hatte ihn wohl dazu erwählt, weil Tucker ein echtes Muskelpaket war und er durchaus eine einschüchternde Wirkung erzielte, nicht zuletzt durch seine tiefe Stimme. Niemand würde sich freiwillig mit ihm anlegen.

Aber er war nicht sehr schlau und mit seinem letzten Satz hatte sich in Bradley eine Idee geformt.

„Sie war wirklich ein besonderes Mädchen. Hätte dir auch gefallen, Tucker." Bradley erhob sich von seiner Pritsche und stellte sich an die Gitterstäbe. Ein wenig Kumpelei würde für seinen Plan nötig sein. „Hatte auch schon an dich gedacht. Sie war sehr entgegenkommend, wenn man ihr nur ein paar Münzen zusteckte."

Tucker Mills spuckte aus und kam näher an Stokes heran. „Haste aber nicht, Bradley."

Für Bradley lief das Gespräch gut. „Wer sagt denn, dass ich nicht noch immer etwas für dich tun kann?" Jetzt kam es drauf an. Bradley fuhr fort: „Maggy kann ich dir nicht mehr anbieten, aber wie wäre es mit jemand anderem?"

Tucker kaute auf seinen Lippen. „Und dafür mach ich was?"

Bradley sah auf den Riegel, der die Tür zu seinem Käfig geschlossen hielt.

Tucker Mills folgte seinem Blick, schaute dann Stokes wieder an. „Ich habe ein paar extra Wünsche."

„Das lässt sich regeln. Sophie macht genau, was ich ihr sage", log Bradley.

Keineswegs würde seine Frau in solch einen Abgrund tauchen. Noch dazu würde sie ihn nie wieder beachten. Sie hatte deutlich gemacht, dass ihn der Tod holen sollte.

Die Augenbrauen von Tucker gingen nach oben. „Sophie? Donnerwetter."

Dann sah Tucker Bradley lange in die Augen. „Legst du mich rein?"

Bradley setzte einen eingeschüchterten Blick auf. „Du glaubst, ich würde es wagen dich auszutricksen? Du würdest mich doch zermalmen!" Passend zu seiner Maskerade trat Bradley einen Schritt zurück. „Schiebe nur den Riegel zurück und Sophie kümmert sich um dich."

Wieder wurde Bradley von seinem Gegenüber in Augenschein genommen.

Und dann wurde der Riegel tatsächlich geöffnet.

„In Ordnung, Bradley. Gehen wir zu Sophie."

Unvermittelt warf Bradley all sein Gewicht gegen Tucker, sodass der Muskelberg rückwärts gegen den Holztisch stieß. Aber Tucker fiel nicht zu Boden, wie von Bradley gedacht. Er konnte sich mit einer Hand abfangen, taumelte nur für einen Moment.

Bradley rannte los. Er stürmte ins Freie. Die Dunkelheit würde ihm helfen zu fliehen.

Dann hörte er die Gefängnisglocke hinter sich läuten.

Tucker schlug Alarm.

Dieser Bastard. Bradley lief weiter, merkte jedoch schnell seine Erschöpfung.

Als nächstes hörte er Rufe. Er drehte sich um und stellte erschrocken fest, dass bereits einige Dörfler hinter ihm her waren. Er wollte nach rechts ausbrechen, musste aber einlenken, als ihm ein weiterer Pulk von Dorfbewohnern aus dieser Richtung entgegen kam.

Er war eingekesselt. Ihm blieb nur noch die Flucht nach vorne.

Er hörte ein Schreien, was nicht von der Menge hinter ihm kommen konnte.

Ein Kind.

Natürlich!

Wenn er drohte, ein Kind zu töten, würden sie ihn ziehen lassen.

Clif schrie jetzt heftiger, doch Frederik vernahm noch andere Rufe. Sie kamen vom Dorf und wurden den Hügel hinaufgetragen.

Er stutzte.

Noch etwas anderes kam den Hügel hinauf.

Ein Mensch.

Frederik konnte nicht erkennen, wer es war.

„Frederik?" Alana rief ihm vom Wagen aus zu. Er wendete seinen Blick in ihre Richtung.

In dem Moment, als er ihr etwas erwidern wollte, wurde er heftig umgestoßen und fiel auf das Grab von Maggy. Die Fackel rollte neben ihn und Clif verlor er aus dem Arm. Als Frederik sich umdrehte, bekam er einen Fußtritt ins Gesicht.

Bradley Stokes stand keuchend über ihm und trat noch einmal zu.

Frederik krümmte sich vor Schmerzen, konnte aber erkennen, wie Stokes erst Clif und dann die Fackel von der Erde aufnahm. Den Jungen presste er an sich und hielt die Fackel gefährlich nahe an den Leinen, mit dem das Kind umwickelt war. „Haut ab! Lasst mich gehen!" Wild schaute Stokes in alle Richtungen. Die Menge hatte ihn eingeholt und eingekreist.

Es gab keinen Ausweg.

„Ich zünde das Kind an, wenn ihr näher kommt!"

Die Menge schreckte zurück.

Zuerst dachte Frederik, dass sie es wegen Stokes taten. Dass sie das Kind nicht gefährden wollten. Doch dann sah er, was alle sehen konnten.

Es war, als würde die Luft auseinander gerissen. Ein dunkler Riss entstand im Nichts. Dieser Öffnung entstieg der Rachegeist von Maggy Person.

Frederik erkannte ihn sofort.

Die schwarzen Haare. Die grauen Augen.

Langsam schwebte er auf Bradley Stokes zu, der sogleich den Jungen fallen ließ. Frederik konnte sich rechtzeitig zur Seite drehen, sodass der Junge unbeschadet auf seinem Körper landete.

Stokes stieß panisch mit der Fackel auf den Rachegeist ein. Doch genauso gut hätte er in jede andere Richtung in die Luft stochern können. Seine Verteidigung blieb ohne Erfolg.

Urplötzlich zersägte ein schriller Schrei alle anderen Geräusche.

Stokes blickte geradewegs in die Fratze des Rachegeistes und wirkte wie benommen.

Dann wurden alle Anwesenden Zeuge davon, wie Bradley Stokes die Fackel gegen sich richtete und sich selbst entzündete.

Stumm, ohne eine Bewegung stand er da. Das Feuer umhüllte ihn, bis er zu Boden fiel.

An der Stelle, wo Stokes als Haufen weiterbrannte, schmolz der Schnee.

Der Geist von Maggy kam durch das Feuer auf Frederik zu. Er glaubte zu erkennen, dass ihre Augen auf Clif gerichtet waren.

Der Junge hatte aufgehört zu schreien. Reglos beobachtete Frederik das Geschehen.

Aus der Fratze formte sich das Gesicht einer jungen Frau. Die grauen Augen klarten sich auf.

Maggy Person, dachte Frederik.

Langsam erhob er sich mit dem Jungen, in banger Erwartung, was als nächstes geschehen würde.

Doch nach kurzer Zeit verblasste die Erscheinung und Frederik hatte den Eindruck, zuletzt ein Lächeln gesehen zu haben.

Ja, natürlich, dachte er. Clif war nicht dazu verdammt, so früh zu sterben. Der Tod von Bradley Stokes brachte Maggys Rachegeist Besänftigung. Sie hatte ihre Rache bekommen.

Aufgeregt eilte er zu Lorys Grab.

Wenige Schritte vor dem Holzkreuz verlangsamte Frederik sein Tempo. Er hatte jetzt alle Sinne auf das Grab seiner Frau gerichtet. Dann stand er direkt davor.

„Ich bin hier, meine Taube. Maggy ist erlöst. Ich hoffe, du kannst jetzt deinen Frieden finden." Frederik erwartete ein Zeichen. Er schwenkte seinen Kopf zu allen Seiten. Sah, wie Alana zu ihm kam. Sehnsucht ergriff ihn, als er seinen Sohn bei ihr sah. Er hatte immer noch Clif bei sich, was sich in diesem Moment falsch anfühlte.

„Ist sie erlöst?", fragte Alana.

Sie tauschten die Kinder.

„Ich weiß es nicht."

Als er mit Jacob erneut dem Grab entgegenschritt, sah er, dass etwas über dem Kreuz schwebte. Der Feuerschein, den Stokes brennender Körper abgab, reichte nicht ganz, um Lorys Grab zu erhellen.

Einige Dorfbewohner waren zu Stokes geeilt, um sich das Schauspiel anzusehen. Es konnten auch ihre Schatten sein, die Frederik irreführten. Aber im Herzen wusste Frederik, dass es Lory war. Seine Augen füllten sich mit Tränen, die ihm die Sicht weiter erschwerten.

„Lory?" Er ging näher an das Grab. Dann erkannte er sie. „Oh Gott, Lory!" Trauer und Glück mischten sich zu einem Gefühl, das Frederik Schmerzen bereitete.

„Ich liebe dich, Lory! Hier, sieh ihn dir an. Das ist Jacob. Unser Sohn." Er streckte ihn ihr entgegen.

Mit ihrem Geistergesicht kam sie näher an Jacob und Frederik heran. Es war so fein und klar, wie er es sich in Erinnerung gehalten hatte. Gierig nahm er diesen Moment auf. Lory sah ihn friedlich an. Beinahe wirkte sie zufrieden. An diesen Augenblick der Stille würde Frederik für immer zurückdenken können.

Dann verschmolz Lory langsam mit der dunklen Umgebung, bis sie für Frederik nicht mehr zu sehen war. Noch lange starrte er vor sich hin. In der Hoffnung, seine Frau ein weiteres Mal zu Gesicht zu bekommen.

EINUNDZWANZIG

Erst eine Hand auf seiner Schulter brachte Frederik aus seiner Starre.

„Mister Trumbull, ich möchte mich aufrichtig bei Ihnen entschuldigen." Deaclan Smyth klang traurig und ehrlich. „Bradley Stokes hat unser Dorf an einen furchtbaren Abgrund gebracht. Und nur Sie konnten uns vor Schlimmeren bewahren." Der Dorfsprecher stellte sich direkt vor Frederik. „Ich möchte Ihnen ein Angebot machen, Mister Trumbull."

Frederik war in seinen Gedanken noch bei Lory. „Was haben Sie gesagt?"

„Mit ihrem Einverständnis möchte ich Sie zu meiner rechten Hand ernennen. Ich könnte mir niemand besseren vorstellen."

Jetzt hörte Frederik dem Dorfsprecher zu.

„Ihnen würde das Haus in der First Lane zur Verfügung stehen und ich schlage vor, dass Sophie Stokes im unteren Teil wohnen bleibt. Ich weiß, dass Sophie Sie und Ihre verstorbene Frau sehr gern hat und sicherlich als Haushilfe bleiben wird."

„Wie Sie wissen, befand ich mich mit meiner Frau auf dem Weg nach York. Ich bin von meinem Hof geflohen, weil ein baldiger Kriegsausbruch droht", sagte Frederik und Mister Smyth nickte.

„Davon habe ich gehört. Aber ich vertraue unserem Land und unserem König. Und das sollten Sie auch tun, Mister Trumbull."

„Es waren Söldner der englischen Krone, die meine Feldarbeiter ermordet haben. Wir mussten fliehen, damit uns nicht dasselbe Schicksal widerfährt."

„Das ist eine Tragödie, Mister Trumbull. Ich werde nicht versuchen Sie aufzuhalten. Aber hier ist das Grab Ihrer Frau. Und denken Sie an ihren Sohn. Er kann die Strapazen einer solchen Reise nicht auf sich nehmen, ohne Schaden zu erfahren. Und seien Sie gewiss, Mister Trumbull. Nachdem, was Sie für uns getan haben, steht Middlewood hinter Ihnen."

Mit diesen Worten setzten laute Rufe ein. Frederik hörte, wie sein Name gerufen wurde. Jeder, der zugegen war, rief seinen Namen.

Es war überwältigend für Frederik. Sie sahen ihn als Retter an. Zumindest vorerst war wieder Ruhe in Middlewood eingekehrt.

Noch einmal schaute er zu der Stelle, wo ihm Lory zuvor erschienenen war.

Warum nur konnte ich dich nicht beschützen?

Trotz dem Wissen, dass Lory nun in ihrem Tode Frieden gefunden hatte, würde dieser furchtbare Schmerz für immer an ihm zerren. Instinktiv drückte Frederik seinen Sohn an sich. Für ihn würde er umso mehr kämpfen, um ihn vor dieser Welt zu beschützen.

Der Dorfsprecher hatte Recht. Nur in solch einer Gemeinschaft würde es ihm am ehesten auch gelingen. Zudem lag Middlewood bereits weit abseits der Küste. Geschützt, vor auftreffenden Franzosen.

Frederik sah den Dorfsprecher wieder an. „Ich möchte Ihr ehrbares Angebot annehmen, Mister Smyth."

Die Menge jubelte los.

Frederik und Deaclan Smyth verabschiedeten sich mit einem Handschlag. Alles Weitere wollten sie in den nächsten Tagen bereden.

Frederik wandte sich ab und ging zu Alana, die mit Clif in seiner Nähe stand.

„Du hast eine richtige Entscheidung getroffen", sagte sie lächelnd. „Ich bin froh, dass du im Dorf bleibst. Und natürlich werde ich mich weiterhin um Jacob kümmern, damit du dein neues Amt ausführen kannst."

„Ich danke dir für deine Hilfe", sagte Frederik. „Und Aethel habe ich auch zu danken. Ich möchte sie morgen besuchen und ihr meinen Dank aussprechen. Vielleicht kann ich sie jetzt dazu verleiten, dass wir ihren Mann ins Dorf holen und vom Arzt untersuchen lassen."

„Ich begleite dich dabei", sagte Alana.

„Was Clif angeht, werde ich Mister Smyth bitten, für uns ein Wort bei Schwester Margot einzulegen und zu schlichten. Ich hoffe, Clif kann bei uns bleiben und Jacob ein Freund werden."

Ein Brabbeln war von Clif zu hören.

„Das bedeutet wohl, dass er dem Vorschlag zustimmt", sagte Alana lachend.

Auch auf Frederiks Gesicht zeigte sich ein Lächeln.

ZWEIUNDZWANZIG

Die Erschöpfung hatte Frederik am Abend in einen tiefen Schlaf gesogen. Das komfortable Bett tat sein Übriges. Und nachdem Sophie ihm am nächsten Morgen ein üppiges Frühstück, bestehend aus Brot, Schinken, Ei und Milch bereitet hatte, war Frederik schon nicht mehr so trübselig, wie noch einen Tag zuvor. Überschwänglich freundlich hatte Sophie ihm gedankt, bleiben zu können. Sehr gerne übernahm sie die anfallenden Arbeiten im Haus.

Frederik wollte an diesem Morgen zu Aethel aufbrechen, um ihr einen Besuch abzustatten und sie über den Lauf der Dinge zu informieren. Sophie übernahm die Obacht für Jacob und Clif.

Doch bevor Frederik mit Alana aufbrach, wollte er noch etwas erledigen.

Er klopfte an die Tür des Priesters.

Mister Birch öffnete. „Schon so früh auf den Beinen, Frederik?" Er bat ihn hinein. „Ich hoffe, es geht nicht um eine Exhumierung."

„Nein, Priester. Ich würde gerne mit Stanley reden."

„Entschuldige. War nicht so gemeint. Aber die ganze Sache hat mich durcheinander gebracht."

„Ist schon gut. Wir alle haben erfahren, dass das irdische Leben bisher nur ein Teil der Wahrheit war."

Sie betraten die Wohnstube, in der Stanley gerade etwas aß. „Mister Trumbull! Ist es tatsächlich überstanden?"

„Ja, Stanley. Es ist überstanden." Frederik setzte sich zu dem Jungen an den Tisch.

„Ich frage mich", sagte der Priester, „wie du wissen konntest, dass es Bradley Stokes war."

„Das war auch ein Umstand, den es an Zufälligkeit nicht zu überbieten gibt", sagte Frederik. „Ich fand einen Ring im Keller, den ich jedoch wieder verlor. Irgendwie ist Stokes in seinen Besitz gekommen und war dämlich genug, ihn beim Begräbnis zu tragen."

„Der Ring?" Stanley wirkte erregt. „Ich fand ihn, wo sie verprügelt worden sind, Mister Trumbull. Ich hatte ihn damals für Mister Stokes anfertigen sollen. Gestern bei der Sitzung habe ich ihm den Ring dann gegeben."

„Gut gemacht, mein Sohn." Der Priester tätschelte den Kopf des Jungen. „So hast du mit deinem Fingergeschick einen Mörder überführt."

„Welch merkwürdigen Weg dieser Ring doch genommen hat", sagte Frederik. „Jedenfalls wollte ich dir dafür danken, dass du den Sarg meiner Frau gezimmert hast."

„Mein Sohn hat Talent bei der Zimmerei."

„Mein größter Wunsch ist es, schon bald eine Lehre als Tischler zu machen", sagte Stanley. „Dann werde ich hoffentlich richtige Aufträge erhalten und nicht mehr nur Kisten zimmern müssen."

Frederik kam eine Idee. „Was würdest du sagen, wenn ich dir schon jetzt einen Auftrag vergebe?"

„Das wäre großartig, Mister Trumbull!"

„Mein Wagen muss größer gebaut werden, er fasst nicht genug."

„Das mache ich, Mister Trumbull. Ich fange schon heute mit der Planung an."

Sie gaben sich die Hände.

Dann schlang Stanley sein Essen herunter und verließ kurz darauf die Wohnstube.

„Du hast meinem Sohn ein wahres Geschenk gemacht", sagte der Priester.

Nach dem Besuch begab Frederik sich zu seinem Pferd, um Aethel zu besuchen. Wie angekündigt, schloss Alana sich ihm an.

Schon bald hielt der Wagen vor der kleinen Waldhütte.

Aber irgendetwas empfand Frederik anders und er bemerkte, dass es Alana ebenso erging.

„Es kommt kein Rauch aus dem Kamin, Frederik."

Sie sprangen ab und liefen zu der Hütte.

Kurz darauf schrie Alana auf. „Aethel!"

Die alte Frau lag eingeklemmt in der Tür. Frederik schob sie weiter auf, während Alana sich zu Aethel hinunter beugte.

Als Frederik in der Hütte erkannte, dass ihr Unterleib nahezu verschwunden war, stolperte er rückwärts und stürzte über die am Boden kniende Alana.

„Oh Gott, Frederik! Was ist hier passiert?" Sie kroch von der Hütte weg.

„Es sieht so aus, als sei ein wildes Tier über sie hergefallen", sagte Frederik.

„Ist es noch drinnen?"

Der Gedanke war Frederik noch nicht gekommen. Er erhob sich, um vorsichtig in die Hütte zu spähen. Aber da war nichts. Als er hineintrat, verweilte sein Blick auf der dürftigen Schlafstätte. „Alana, das Bett ist leer. Ihr Mann ist nicht mehr da."

„Was? Wo ist er?" Alana stand jetzt neben ihm.

„Vielleicht hat ihn ein Bär verschleppt", sagte Frederik und schaute sich dabei um. Nach einem Kampf sah es hier nicht aus. Der Bär musste sie wirklich überrascht haben.

„Die Ziegen!" Alana eilte zu dem Verschlag.

Frederik nahm eine Decke und legte sie über die alte Frau.

Alana kam zurück. „Die Ziegen sind alle zerrissen! Der Zaun ist an einer Stelle zerstört.

„Dann war es vermutlich kein einzelnes Tier", sagte Frederik. „Vielleicht ein Rudel Wölfe. Und Aethels Mann haben sie als Beute mitgenommen. Er war so dürr, dass er wohl weniger Gewicht hatte, als eine der Ziegen."

„Aber er war gerade dabei, sich zu erholen. Alles, was sich Aethel gewünscht hatte."

„Es tut mir sehr leid, Alana. Ich werde sie begraben."

Alana schluchzte und zeigte neben die Hütte. „Du musst sie zum Totenplatz bringen. Davon hat sie immer gesprochen. Alles was hier gestorben ist, haben sie dort begraben."

„Ist gut. Ich bringe sie dort hin. Aber wenn das Rudel zurückkommt, müssen wir bereits verschwunden sein. Wenn du noch etwas zusammenraffen möchtest, musst du es jetzt tun."

Sie nickte und bedachte die zugedeckte Aethel mit einem Blick. „Du hast mir so viel beigebracht. Ich danke dir, Aethel. Ich hoffe, da wo du jetzt bist geht es dir gut und bist mit deinem Mann vereint."

Dann verstummte sie.

„Was hast du, Alana?"

„Mir ist gerade in den Sinn gekommen, dass Aethel eine geweihte Beerdigung bekommen sollte."

„Du meinst…?"

„Maggy ist eines schrecklichen Todes gestorben." Sie sah ihn an. „Aethel ebenso. Die Unternächte dauern noch an. Was, wenn aus Aethel ein Rachegeist emporsteigt?"

Frederik nickte langsam. „Wir werden den Priester rufen."

DREIUNDZWANZIG

„Was zum Teufel...?"

Die restliche Strecke legte Sir Alfred Sheldon im Galopp zurück. Dann erreichte er den Hof der Trumbulls.

„Was stinkt hier so erbärmlich?"

Zwei seiner Söldner standen vor einem Feuer und warfen Äste hinein.

„Es ist außer Kontrolle geraten, Sir", sagte einer von ihnen.

„Was ist außer Kontrolle geraten?" Sir Sheldon stieg ab. „Warum hast du eine Armschlinge und humpelst wie ein alter Mann?"

„Der Bauer ist geflohen und hat uns mit seinem Wagen gerammt. Cromwall wurde dabei zerschmettert. Wir dachten, es wäre besser ihn zu verbrennen, Sir."

Sheldon stellte sich vor den Söldner mit der Schlinge und berührte ihn beinahe mit seiner Nase. „Sie sind geflohen? Es gab keinen Grund dazu. Warum sollten meine vier Bauern fliehen, wo ich ihnen doch Sicherheit versprochen habe?"

„Nur er und seine Frau, Sir."

„Und wo sind die anderen?"

„Auch da drin", sagte der Söldner und zeigte in das Feuer.

Sheldons Blick folgte dem Fingerzeig.

„Er kommt bestimmt nicht wieder zurück", sagte nun der andere Söldner. „Vielleicht stelle ich die Bitte an den König, mich nach dem Krieg hier niederlassen zu dürfen."

„Du Narr! Dafür werde ich euch verurteilen lassen."

„Niemand muss davon erfahren, Sir."

„Ihr wurdet angeheuert, um für Sicherheit zu sorgen!"

Ein Geräusch drang aus dem Dickicht.

Alle drei sahen in dieselbe Richtung.

„Was war das nun wieder?", fragte Sheldon.

„War das ein Keiler?", fragte der Söldner ohne Schlinge. „Hätte nichts dagegen, ihn über das Feuer zu legen." Er entfernte sich ein paar Schritte von den anderen und verschwand dann hinter einem Busch.

„Soll das ein Trick sein? Will er etwa fliehen?" Sir Sheldon zog sein Schwert und hielt es dem anderen Söldner vor. „Betrachte dich als verhaftet." Er schlug dem Gefangenen mit dem Schwertgriff auf den Kopf, sodass der Mann zusammensackte.

„Komm zurück", rief Sir Sheldon ins Buschwerk.

Und plötzlich tauchte der Söldner wieder auf.

Er torkelte Sir Sheldon entgegen. Blut lief an den Händen hinab, die den eigenen Hals umfassten.

Sir Sheldon blieb stehen.

Sein Schwert glitt ihm in dem Moment aus der Hand, als der Söldner gegen ihn prallte.

Zusammen stürzten sie zu Boden, wobei Sir Sheldon unter dem anderen liegen blieb.

Blut lief ihm ins Gesicht.

„Runter von mir!" Sir Sheldon versuchte, den anderen von sich zu drücken.

Währenddessen trat eine Gestalt aus dem Dickicht, die mit hölzernen Bewegungen auf die am Boden Liegenden zuschritt.

Sir Sheldon hielt inne. „Was zum Teufel…?"

Die Gestalt fiel vor ihnen auf die Knie und beugte sich über den oben liegenden Söldner.

Sir Sheldon konnte nur noch einen dürren Greis erkennen, der mit weit aufgerissenem Mund ansetzte, um in das Fleisch des Söldners zu beißen.

Die in den Himmel züngelnden Flammen, in denen die Toten brannten, erhellten das Feld, auf dem sich bereits der Winterweizen durch die Erdkruste und den Schnee gebohrt hatte.